品 读 老 课 文

滕 浩 选编

当代世界出版社

责任编辑：高玉琪
封面设计：蒋宏工作室

图书在版编目（CIP）数据

品读老课文/滕浩选编．—北京：当代世界出版社，2011.7
ISBN 978-7-5090-0723-5

Ⅰ.①品… Ⅱ.①滕… Ⅲ.①文学－作品综合集－世界 Ⅳ.①I11

中国版本图书馆CIP数据核字（2011）第090512号

版权声明

本书在编辑过程中，已取得了绝大多数著作权人的同意，尚余少数著作权人无法与其取得联系，为了尊重著作权，特委托北京版权代理有限责任公司向权利人转付稿酬。请您与北京版权代理有限责任公司联系并领取稿酬。联系方式如下：

吴先生
北京版权代理有限责任公司
北京海淀区知春路23号量子银座1403室
邮编：100191
电话：86（10）82357059/58/57　　传真：86（10）82357055
网址：www.bookpod.cn

出版发行		当代世界出版社
地　　址		北京市复兴路4号（100860）
网　　址		http://www.worldpress.com.cn
编务电话		（010）83907528
发行电话		（010）83908410（传真）
		（010）83908408
		（010）83908409
经　　销		全国新华书店
印　　刷		北京欣睿虹彩印刷有限公司
开　　本		700毫米×960毫米　1/16
印　　张		13
字　　数		175千字
版　　次		2012年4月第1版
印　　次		2012年4月第1次
书　　号		ISBN 978-7-5090-0723-5
定　　价		23.80元

如发现印装质量问题，请与承印厂联系调换。
版权所有，翻印必究，未经许可，不得转载！

目 录

扬州的夏日	朱自清（1）
初到清华记	朱自清（4）
论青年	朱自清（6）
读书杂谈	鲁　迅（9）
腊叶	鲁　迅（11）
世故三昧	鲁　迅（12）
人生论	鲁　迅（14）
生活的舆图	萧　乾（20）
幸福	储安平（22）
故乡的野菜	周作人（24）
藕与莼菜	叶圣陶（26）
习惯成自然	叶圣陶（28）
好书谈	梁实秋（30）
文学里的"幽默"	梁实秋（33）
谈时间	梁实秋（36）
东西人的教育之不同	梁漱溟（39）
三种人生态度	梁漱溟（43）
我的读书经验	曹聚仁（46）
贤明的——聪明的父母	俞平伯（50）
文学的游离与其独在	俞平伯（57）
雨巷	戴望舒（63）
送别	李叔同（65）
断章	卞之琳（66）
红烛	闻一多（67）

五四断想 ……………………………	闻一多（69）
就任北京大学校长演说 ………………	蔡元培（71）
我在北京大学的经历 …………………	蔡元培（74）
我生命中的五四 ………………………	钟敬文（82）
《新青年》宣言 ………………………	陈独秀（87）
人生的真义 ……………………………	陈独秀（89）
个人自由与社会进步 …………………	胡　适（92）
青年烦闷的解救 ………………………	宗白华（97）
再别康桥 ………………………………	徐志摩（100）
我所知道的康桥 ………………………	徐志摩（102）
五月的北平 ……………………………	张恨水（111）
江南的冬景 ……………………………	郁达夫（115）
钓台的春昼 ……………………………	郁达夫（118）
五月的青岛 ……………………………	老　舍（125）
市集 ……………………………………	沈从文（127）
野店 ……………………………………	李广田（131）
文学与生活 ……………………………	叶灵凤（134）
学问之趣味 ……………………………	梁启超（136）
为学与做人 ……………………………	梁启超（140）
少年中国说 ……………………………	梁启超（145）
"今" ……………………………………	李大钊（150）
青年与人生 ……………………………	李大钊（153）
白马湖之冬 ……………………………	夏丏尊（157）
幽默的叫卖声 …………………………	夏丏尊（159）
一种云 …………………………………	瞿秋白（161）
能与为 …………………………………	邹韬奋（163）
"去"、"来"、"今" …………………	王统照（165）
芦沟晓月 ………………………………	王统照（168）
向光明走去 ……………………………	郑振铎（171）

忆卢沟桥 …………………………………… 许地山（173）
生 ………………………………………………… 巴　金（176）
应付环境和改变自己 …………………………… 王了一（181）
人生的归宿 ……………………………………… 林语堂（183）
无常之恸 ………………………………………… 丰子恺（186）
子路曾皙冉有公西华侍坐 ……………………… 论　语（192）
兰亭集序 ………………………………………… 王羲之（194）
滕王阁序 ………………………………………… 王　勃（195）
醉翁亭记 ………………………………………… 欧阳修（197）
赤壁赋 …………………………………………… 苏　轼（198）
送东阳马生序 …………………………………… 宋　濂（200）

扬州的夏日

朱自清

扬州从隋炀帝以来,是诗人文士所称道的地方;称道的多了,称道得久了,一般人便也随声附和起来。直到现在,你若向人提起扬州这个名字,他会点头或摇头说:"好地方!好地方!"特别是没去过扬州而念过些唐诗的人,在他心里,扬州真像蜃楼海市一般美丽;他若念过《扬州画舫录》一类书,那更了不得了。但在一个久住扬州像我的人,他却没有那么多美丽的幻想,他的憎恶也许掩住了他的爱好;他也许离开了三四年并不去想它。若是想呢,——你说他想什么?女人,不错,这似乎也有名,但怕不是现在的女人吧?——他也只会想着扬州的夏日,虽然与女人仍然不无关系的。

北方和南方一个大不同,在我看,就是北方无水而南方有。诚然,北方今年大雨,永定河、大清河甚至决了堤防,但这并不能算是有水;北平的三海和颐和园虽然有点儿水,但太平衍了,一览而尽,船又那么笨头笨脑的。有水的仍然是南方。扬州的夏日,好处大半便在水上——有人称为"瘦西湖",这个名字真是太"瘦"了,假西湖之名以行,"雅得这样俗",老实说,我是不喜欢的。下船的地方便是护城河,曼衍开去,曲曲折折,直到平山堂,——这是你们熟悉的名字——有七八里河道,还有许多杈杈桠桠的支流。这条河其实也没有顶大的好处,只是曲折而有些幽静,和别处不同。

沿河最著名的风景是小金山,法海寺,五亭桥;最远的便是平山堂了。金山你们是知道的,小金山却在水中央。在那里望水最好,看月自然也不错——可是我还不曾有过那样福气。"下河"的人十之九是到这儿的,人不免太多些。法海寺有一个塔,和北海的一样,据说是乾隆皇帝下江南，盐商们连夜督促匠人造成的。法海寺著名的自然是这个塔；但还有一桩，你们猜不着，是红烧猪头。夏天吃红烧猪头，在理论上也许不甚相宜；可是在实际上，挥汗吃着，倒也不坏的。五亭桥如名字所示，是五个亭子的桥。桥是拱形，中一亭最高，两边四亭，参差相称；最宜远看，或看影子，也好。桥洞颇多，乘小船穿来穿去，另有风味。

  平山堂在蜀冈上。登堂可见江南诸山淡淡的轮廓；"山色有无中"一句话，我看是恰到好处，并不算错。这里游人较少，闲坐在堂上，可以永日。沿路光景，也以闲寂胜。从天宁门或北门下船。蜿蜒的城墙，在水里倒映着苍黝的影子，小船悠然地撑过去，岸上的喧扰像没有似的。

  船有三种：大船专供宴游之用，可以挟妓或打牌。小时候常跟了父亲去，在船里听着谋得利洋行的唱片。现在这样乘船的大概少了吧？其次是"小划子"，真像一瓣西瓜，由一个男人或女人用竹篙撑着。乘的人多了。便可雇两只，前后用小凳子跨着：这也可算得"方舟"了。后来又有一种"洋划"，比大船小，比"小划子"大，上支布篷，可以遮日遮雨。"洋划"渐渐地多，大船渐渐地少，然而"小划子"总是有人要的。这不独因为价钱最贱，也因为它的伶俐。一个人坐在船中，让一个人站在船尾上用竹篙一下一下地撑着，简直是一首唐诗，或一幅山水画。而有些好事的少年，愿意自己撑船，也非"小划子"不行。"小划子"虽然便宜，却也有些分别。譬如说，你们也可想到的，女人撑船总要贵些；姑娘撑的自然更要贵喽。这些撑船的女子，便是有人说过的"瘦西湖上的船娘"。船娘们的故事大概不少，但我不很知道。据说以乱头粗服，风趣天然为胜；中年而有风趣，也仍然算好。可是起初原是逢场作戏，或尚不伤廉惠；以后居然有了价格，便觉意味索然了。

  北门外一带，叫做下街，"茶馆"最多，往往一面临河。船行过时，茶客与乘客可以随便招呼说话。船上人若高兴时，也可以向茶馆中要一壶茶，或一两种"小笼点心"，在河中喝着，吃着，谈着回来时再将茶壶和所谓小笼,连价款一并交给茶馆中人。撑船的都与茶馆相熟,他们不怕你白吃。扬州的小笼点心实在不错,我离开扬州,也走过七八处大大小小的地方,还没有吃过那样好的点心;这其实是值得惦记的。茶馆的地方大致总好,名字也颇有好的。如香影廊,绿杨村,红叶山庄,都是到现在还记得的。绿杨村的幌子,挂在绿杨树上,随风飘展,使人想起"绿杨城郭是扬州"的名句。里面还有小池,丛竹,茅亭,景物最幽。这一带的茶馆布置都历落有致,迥非上海、北平方方正正的茶楼可比。

"下河"总是下午。傍晚回来,在暮霭朦胧中上了岸,将大褂折好搭在腕上,一手微微摇着扇子;这样进了北门或天宁门走回家中。这时候可以念"又得浮生半日闲"那一句诗了。

初到清华记

朱自清

从前在北平读书的时候，老在城圈儿里呆着。四年中虽也游过三五回西山，却从没来过清华；说起清华，只觉得很远很远而已。那时也不认识清华人，有一回北大和清华学生在青年会举行英语辩论，我也去听。清华的英语确是流利得多，他们胜了。那回的题目和内容，已忘记干净；只记得复辩时，清华那位领袖很神气，引着孔子的什么话。北大答辩时，开头就用了 furiously 一个字叙述这位领袖的态度。这个字也许太过，但也道着一点儿。那天清华学生是坐大汽车进城的，车便停在青年会前头；那时大汽车还很少。那是冬末春初，天很冷。一位清华学生在屋里只穿单大褂，将出门却套上厚厚的皮大氅。这种"行"和"衣"的路数，在当时却透着一股标劲儿。

初来清华，在十四年夏天。刚从南方来北平，住在朝阳门边一个朋友家。那时教务长是张仲述先生，我们没见面。我写信给他，约定第三天上午去看他。写信时也和那位朋友商量过，十点赶得到清华么，从朝阳门哪儿？他那时已经来过一次，但似乎只记得"长林碧草"，——他写到南方给我的信这么说——说不出路上究竟要多少时候。他劝我八点动身，雇洋车直到西直门换车，免得老等电车，又换来换去的，耽误事。那时西直门到清华只有洋车直达；后来知道也可以搭香山汽车到海甸再乘洋车，但那是后来的事了。

第三天到了，不知是起得晚了些还是别的，跨出朋友家，已经九点挂零。心里不免有点儿急，车夫走的也特别慢似的。到西直门换了车。据车夫说本有条小路，雨后积水，不通了；那只得由正道了。刚出城一段儿还认识，因为也是去万生园的路；以后就茫然。

到黄庄的时候,瞧着些屋子,以为一定是海甸了;心里想清华也就快到了吧,自己安慰着。快到真的海甸时,问车夫,"到了吧?""没哪。这是海——甸。"这一下更茫然了。海甸这么难到,清华要何年何月呢?而车夫说饿了,非得买点儿吃的。吃吧,反正豁出去了。这一吃又是十来分钟。说还有三里多路呢。那时没有燕京大学,路上没什么看的,只有远处淡淡的西山——那天没有太阳——略略可解闷儿。好容易过了红桥,喇嘛庙,渐渐看见两行高柳,像穹门一般。什刹海的垂杨虽好,但没有这么多这么深,那时路上只有我一辆车,大有长驱直入的神气。柳树前一面牌子,写着"入校车马缓行";这才真到了,心里想,可是大门还够远的,不用说西院门又骗了我一次,又是六七分钟,才真真到了。坐在张先生客厅里一看钟,十二点还欠十五分。

张先生住在乙所,得走过那"长林碧草",那浓绿真可醉人。张先生客厅里挂着一副有正书局印的邓完白隶书长联。我有一个会写字的同学,他喜欢邓完白,他也有这一副对联;所以我这时如见故人一般。张先生出来了。他比我高得多,脸也比我长得多。一眼看出是个顶能干的人。我向他道歉来得太晚,他也向我道歉,说刚好有个约会,不能留我吃饭。谈了不大工夫,十二点过了,我告辞。到门口,原车还在,坐着回北平吃饭去。过了一两天,我就搬行李来了。这回却坐了火车,是从环城铁路朝阳门站上车的。

以后城内城外来往的多了,得着一个诀窍:就是在西直门一上洋车,且别想"到"清华,不想着不想着也就到了。——香山汽车也搭过一两次,可真够瞧的。两条腿有时候简直无放处,恨不得不是自己的。有一回,在海甸下了汽车,在现在"西园"后面那个小饭馆里,拣了临街一张四方桌,坐在长凳上,要一碟苜蓿肉,两张家常饼,二两白玫瑰,吃着喝着,也怪有意思;而且还在那桌上写了《我的南方》一首歪诗。那时海甸到清华一路常有穷女人或孩子跟着车要钱。他们除"您修好"等等常用语句外,有时会说"您将来做校长",这是别处听不见的。

论青年

朱自清

冯友兰先生在《新事论·赞中华》篇里第一次指出现在一般人对于青年的估价超过老年之上。这扼要的说明了我们的时代。这是青年时代，而这时代该从五四运动开始。从那时起，青年人才抬起了头，发现了自己，不再仅仅的做祖父母的孙子，父母的儿子，社会的小孩子，他们发现了自己，发现了自己的群，发现了自己和自己的群的力量。他们跟传统斗争，跟社会斗争，不断的在争取自己的领导权甚至社会领导权，要名副其实的做新中国的主人。但是，像一切时代一切社会一样，中国的领导权掌握在老年人和中年人的手里，特别是中年人的手里。于是乎来了青年的反抗，在学校里反抗师长，在社会上反抗统治者。他们反抗传统和纪律，用怠工，有时也用挺击。中年统治者记得五四以前青年的沉静，觉着现在青年爱捣乱，惹麻烦，第一步打算压制下去。可是不成。于是乎敷衍下去。敷衍到了难以收拾的地步，来了集体训练，开出新局面，可是还得等着瞧呢。

青年反抗传统，反抗社会，自古已然，只是一向他们低头受压，使不出大力气，见得沉静罢了。家庭里父代和子代闹别扭是常见的，正是压制与反抗的征象。政治上也有老少两代的斗争，汉朝的贾谊到戊戌六君子，例子并不少。中年人总是在统治的地位，老年人势力足以影响他们的地位时，就是老年时代，青年人势力足以影响他们的地位时，就是青年时代。老年和青年的势力互为消长，中年人却总是在位，因此无所谓中年时代。老年人在衰朽，是过去，青年人还幼稚，是将来，占有现在的只是中年人。他们一面得安慰老年人，培植青年人，一面也在讥笑前者，烦厌后者。安慰还是顺的，培植却常是逆的，所以更难。培植是凭中年人的学识经验做标准，大致要养成有为有守爱人爱物的中国人。青年却恨这种切近的典型的标准妨碍他们飞跃的理想。他们不甘心在理想还未疲倦的时候就被压进典型里去，所以总是挣扎着，在憧憬那海阔天空的境界。中年人不能了解青年人为什么总爱旁逸斜出不走正路，说是时代病。其实这倒是成德达材的大路；压迫着，挣扎着，材德的达成就在这两种力的平衡里。这两种力永恒的一步步平衡着，自古已然，不过现在更其表面化罢了。

青年人爱说自己是"天真的"，"纯洁的"。但是看看这时代，老练的青年可真不少。老练却只是工于自谋，到了临大事，决大疑，似乎又见得幼稚了。青年要求进步，要求改革，自然很好，他们有的是奋斗的力量。不过大处着眼难，小处下手易，他们的饱满的精力也许终于只用在自己的物质的改革跟进步上；于是骄奢淫佚，无所不为，有利无义，有我无人。中年里原也不缺少这种人，效率却赶不上青年的大。眼光小还可以有一步路，便是做自了汉，得过且过的活下去；或者更退一步，遇事消极，马马虎虎对付着，一点不认真。中年人这两种也够多的。可是青年时就染上这些习气，未老先衰，不免更教人毛骨悚然。所幸青年人容易回头，"浪子回头金不换"，不像中年人往往将错就错，一直沉到底里去。

青年人容易脱胎换骨改样子，是真可以自负之处；精力足，岁月长，前路宽，也是真可以自负之处。总之可能多。可能多倚仗就大，所以青年人狂。人说青年时候不狂，什么时候才狂？不错。但是这狂气到时候也得收拾一下，不然会忘其所以的。青年人爱讽刺，冷嘲热骂，一学就成，挥之不去；但是这只足以取决一时，久了也会无聊起来的。青年人骂中年人逃避现实，圆通，不奋斗，妥协，自有他们的道理。不过青年人有时候让现实笼罩住，伸不出头，张不开眼，只模糊的看到面前一段儿路，真是"前不见古人，后不见来者"。这又是小处。若是能够偶然到所谓"世界外之世界"里歇一下脚，也许可以将自己放大些。青年也有时候偏执不回，过去一度以为读书就不能救国就是的。那时蔡孑民先生却指出"读书不忘救国，救国不忘读书"。这不是妥协，而是一种权衡轻重的圆通观。懂得这种圆通，就可以将自己放平些。能够放大自己，放平自己，才有真正的"工作与严肃"，这里就需要奋斗了。

　　蔡孑民先生不愧人师，青年还是需要人师。用不着满口仁义道德，道貌岸然，也用不着一手摊经，一手握剑，只要认真而亲切的服务，就是人师。但是这些人得组织起来，通力合作。讲情理，可是不敷衍，重诱导，可还归到守法上。不靠婆婆妈妈气去乞怜青年人，不靠甜言蜜语去买好青年人，也不靠刀子手枪去示威青年人。只言行一致后先一致的按着应该做的放胆放手做去。不过基础得打在学校里；学校不妨尽量社会化，青年训练却还是得在学校里。学校好像实验室，可以严格的计划着进行一切；可不是温室，除非让它堕落到那地步。训练该注重集体的，集体训练好，个体也会改样子。人说教师只消传授知识就好，学生做人，该自己磨练去。但是得先有集体训练，教青年有胆量帮助人，制裁人，然后才可以让他们自己磨练去。这种集体训练的大任，得教师担当起来。现行的导师制注重个别指导，琐碎而难实践，不如缓办，让大家集中力量到集体训练上。学校以外倒是先有了集中训练，从集中军训起头，跟着来了各种训练班。前者似乎太单纯了，效果和预期差得多，后者好像还差不多。不过训练班至多只是百尺竿头更进一步，培植根基还得在学校里。在青年时代，学校的使命更重大了，中年教师的责任也更重大了，他们得任劳任怨的领导一群群青年人走上那成德达材的大路。

读书杂谈

鲁　迅

说到读书，似乎是很明白的事，只要拿书来读就是了，但是并不这样简单。至少，就有两种：一是职业的读书，一是嗜好的读书。所谓职业的读书者，譬如学生因为升学，教员因为要讲功课，不翻翻书，就有些危险的就是。我想在坐诸君之中一定有些这样的经验，有的不喜欢算学，有的不喜欢博物，然而不得不学，否则，不能毕业，不能升学，和将来的生计便有妨碍了。我自己也这样，因为做教员，有时即非看不喜欢看的书不可，要不这样，怕不久便会于饭碗有妨。我们习惯了，一说起读书，就觉得是高尚的事情，其实这样的读书，和木匠的磨斧头，裁缝的理针线并没有什么分别，并不见得高尚，有时还很苦痛，很可怜。你爱做的事，偏不给你做，你不爱做的，倒非做不可。这是由于职业和嗜好不能合一而来的。倘能够大家去做爱做的事，而仍然各有饭吃，那是多么幸福。便现在的社会上还做不到，所以读书的人们的最大部分，大概是勉勉强强的，带着苦痛的为职业的读书。

现在再讲嗜好的读书罢。那是出于自愿，全不勉强，离开了利害关系的。——我想，嗜好的读书，该和爱打牌的一样，天天打，夜夜打，连续的去打，有时被公安局捉去了，放出来之后还是打。诸君要知道真打牌的人目的并不在赢钱，而在有趣。牌有怎样的有趣呢，我是外行，不大明白。便听得爱赌的人说，它妙在一张一张的摸起来，永远变化无穷。我想，凡嗜好的读书，能够手不释卷的原因也就是这样。他在每一页每一页里，都得着深厚的趣味。自然，也可以扩大精神，增加知识的，但这些倒都不计及，一计及，便等于意在赢钱的博徒了，这在博徒之中，也算是下品。

不过我的意思，并非说诸君应该都退了学，去看自己喜欢看的书去，这样的时候还没有到来；也许终于不会到，至多，将来可以设法使人们对于非做不可的事发生较多的兴味罢了。我现在是说，爱看书的青年，大可以看看本份以外的书，即课外的书，不要只将课内的书抱住。但请不要误解，我并非说，譬如在国文讲堂上，应该在抽屉里暗看《红楼梦》之类；乃是说，应做的功课已完而有余暇，大可以看看各样的书，即使和本业毫不相干的，也要泛览。譬如学理科的，偏看看文学书，学文学的，偏看看科学书，看看别个在那里研究的，究竟是怎么一回事。这样子，对于别人，别事，可以有更深的了解。现在中国有一个大毛病，就是人们大概以为自己所学的一门是最好，最妙，最要紧的学问，而别的都无用，都不足道的，弄这些不足道的东西的人，将来该当饿死。其实是，世界还没有如此简单，学问都各有用处，要定什么是头等还很难。也幸而有各式各样的人，假如世界上全是文学家，到处所讲的不是"文学的分类"便是"诗之构造"，那倒反而无聊得很了。

不过以上所说的，是附带而得的效果，嗜好的读书，本人自然并不计及那些，就如游公园似的，随随便便去，因为随随便便，所以不吃力，因为不吃力，所以会觉得有趣。如果一本书拿到手，就满心想道，"我在读书了！""我在用功了！"那就容易疲劳，因而减掉兴味，或者变成苦事了。

腊　叶

鲁　迅

　　灯下看《雁门集》，忽然翻出一片压干的枫叶来。

　　这使我记起去年的深秋。繁霜夜降，木叶多半凋零，庭前的一株小小的枫树也变成红色了。我曾绕树徘徊，细看叶片的颜色，当他青葱的时候是从没有这么注意的。他也并非全树通红，最多的是浅绛，有几片则在绯红地上，还带着几团浓绿。一片独有一点蛀孔，镶着乌黑的花边，在红、黄和绿的斑驳中，明眸似的向人凝视。我自念：这是病叶呵！便将他摘了下来，夹在刚才买到的《雁门集》里。大概是愿使这将坠的被蚀而斑斓的颜色，暂得保存，不即与群叶一同飘散罢。

　　但今夜他却黄蜡似的躺在我的眼前，那眸子也不复似去年一般灼灼。假使再过几年，旧时的颜色在我记忆中消去，怕连我也不知道他何以夹在书里面的原因了。将坠的病叶的斑斓，似乎也只能在极短时中相对，更何况是葱郁的呢。看看窗外，很能耐寒的树木也早经秃尽了；枫树更何消说得。当深秋时，想来也许有和这去年的模样相似的病叶的罢，但可惜我今年竟没有赏玩秋树的余闲。

世故三昧

鲁　迅

人世间真是难处的地方，说一个人"不通世故"，固然不是好话，但说他"深于世故"也不是好话。"世故"似乎也像"革命之不可不革，而亦不可太革"一样，不可不通，而亦不可太通的。

然而据我的经验，得到"深于世故"的恶谥者，却还是因为"不通世故"的缘故。

现在我假设以这样的话，来劝导青年人——

"如果你遇见社会上有不平事，万不可挺身而出，讲公道话，否则，事情倒会移到你头上来，甚至于会被指作反动分子的。如果你遇见有人被冤枉，被诬陷的，即使明知道他是好人，也万不可挺身而出，去给他解释或分辨，否则，你就会被人说是他的亲戚，或得了他的贿赂；倘使那是女人，就要被疑为她的情人的；如果他较有名，那便是党羽。例如我自己罢，给一个毫不相干的女士做了一篇信札集的序，人们就说她是我的小姨；介绍一点科学的文艺理论，人们就说得了苏联的卢布。亲戚和金钱，在目下的中国，关系也真是大，事实给与了教训，人们看惯了，以为人人都脱不了这关系，原也无足深怪的。

"然而，有些人其实也并不真相信，只是说着玩玩，有趣有趣的。即使有人为谣言，弄得凌迟碎剐，像明末的郑鄤那样了，和自己也并不相干，总不如有趣的紧要。这时你如果去辨正，那就是使大家扫兴，结果还是你自己倒楣。我也有一个经验。那是十多年前，我在教育部里做'官僚'，常听得同事说，某女学校的学生，是可以叫出来嫖的，连机关的地址门牌，也说得明明白白。有一回我偶然走过这条街,一个人对于坏事情,是记性好一点的,我记起来了,便留心着那门牌,但这一号,却是一块小空地,有一口大井,一间很破烂的小屋,是几个山东人住着卖水的地方,决计做不了别用。待到他们又在谈着这事的时候,我便说出我的所见来,而不料大家竟笑容尽敛,不欢而散了,此后不和我谈天者两三月。我事后才悟到打断了他们的兴致,是不应该的。

"所以,你最好是莫问是非曲直,一昧附和着大家;但更好是不开口;而在更好之上的是连脸上也不显出心里的是非的模样来……"

这是处世法的精义,只要黄河不流到脚下,炸弹不落在身边,可以保管一世没有挫折的。但我恐怕青年人未必以我的话为然;便是中年,老年人,也许要以为我是在教坏了他们的子弟。呜呼,那么,一片苦心,竟是白费了。

然而倘说中国现在正如唐虞盛世,却又未免是"世故"之谈。耳闻目睹的不算,单是看看报章,也就可以知道社会上有多少不平,人们有多少冤抑。但对于这些事,除了有时或有同业,同乡,同族的人们来说几句呼吁的话之外,利害无关的人的义愤的声音,我们是很少听到的。这很分明,是大家不开口;或者以为和自己不相干;或者连"以为和自己不相干"的意思也全没有。"世故"深到不自觉其"深于世故",这才真是"深于世故"的了。这是中国处世法的精义中的精义。

而且,对于看了我的劝导青年人的话,心以为非的人物,我还有一下反攻在这里。他是以我为狡猾的。但是,我的话里,一面固然显示着我的狡猾,而且无能,但一面也显示着社会的黑暗。他单责个人,正是最稳妥的办法,倘使兼责社会,可就得站出去战斗了。责人的"深于世故"而避开了"世"不谈,这是更"深于世故"的玩艺,倘若自己不觉得,那就更深更深了,离三昧境盖不远矣。

不过凡事一说,即落言筌,不再能得三昧。说"世故三昧"者,即非"世故三昧"。三昧真谛,在行而不言;我现在一说"行而不言",却又失了真谛,离三昧境盖益远矣。

一切善知识,心知其意可也,唵!

------- 品读老课文 -------

人 生 论

鲁　迅

　　人生最苦痛的是梦醒了无路可以走。做梦的人是幸福的；倘没有看出可走的路，最要紧的是不要去惊醒他。你看，唐朝的诗人李贺，不是困顿了一世的么？而他临死的时候，却对他的母亲说，"阿妈，上帝造成了白玉楼，叫我做文章落成去了。"这岂非明明是一个诳，一个梦？然而一个小的和一个老的，一个死的和一个活的，死的高兴地死去，活的放心地活着。说诳和做梦，在这些时候便见得伟大。所以我想，假使寻不出路，我们所要的倒是梦。

　　但是，万不可做将来的梦。阿尔志跋绥夫曾经借了他所做的小说，质问过梦想将来的黄金世界的理想家，因为要造那世界，先唤起许多人们来受苦。他说，"你们将黄金世界预约给他们的子孙了，可是有什么给他们自己呢？"有是有的，就是将来的希望。但代价也太大了，为了这希望，要使人练敏了感觉来更深切的感到自己的苦痛，叫起灵魂来目睹他自己的腐烂的尸骸。惟有说诳和做梦，这些时候便见得伟大。所以我想，假使寻不出路，我们所要的就是梦；但不要将来的梦，只要目前的梦。

　　天下事尽有小作为比大作为更烦难的。譬如现在似的冬天，我们只有这一件棉袄，然而必须救助一个将要冻死的苦人，否则便须坐在菩提树下冥想普度一切人类的方法去。普度一切人类和救活一人，大小实在相去太远了，然而倘叫我挑选，我就立刻到菩提树下去坐着，因为免得脱下唯一的棉袄来冻杀自己。

人们因为能忘却，所以自己能渐渐地脱离了受过的苦痛，也因为能忘却，所以往往照样地再犯前人的错误。被虐待的儿媳做了婆婆，仍然虐待儿媳；嫌恶学生的官吏，每是先前痛骂官吏的学生；现在压迫子女的，有时也就是十年前的家庭革命者。这也许与年龄和地位都有关系罢，但记性不佳也是一个很大的原因。救济法就是各人去买一本 notebook 来，将自己现在的思想举动都记上，作为将来年龄和地位都改变了之后的参考。假如憎恶孩子要到公园去的时候，取来一翻，看见上面有一条道，"我想到中央公园去"，那就即刻心平气和了。别的事也一样。

无论从那里来的，只要是食物，壮健者大抵就无需思索，承认是吃的东西。惟有衰病的，却总常想到害胃，伤身，特有许多禁条，许多避忌；还有一大套比较利害而终于不得要领的理由，例如吃固无妨，而不吃尤稳，食之或当有益，然究以不吃为宜云云之类。但这一类人物总要日见其衰弱的，因为他终日战战兢兢，自己先已失了活气了。

"犯而不校"是恕道，"以眼还眼以牙还牙"是直道。中国最多的却是枉道：不打落水狗，反被狗咬了。但是，这其实是老实人自己讨苦吃。

俗话说："忠厚是无用的别名"，也许太刻薄一点罢，但仔细想来，却也觉得并非唆人作恶之谈，乃是归纳了许多苦楚的经历之后的警句。譬如不打落水狗说，其成因大概有二：一是无力打；二是比例错。前者且勿论；后者的大错就又有二：一是误将塌台人物和落水狗齐观，二是不辨塌台人物又有好有坏，于是视同一律，结果反成为纵恶。

现在的社会，分不清理想与妄想的区别。再过几时，还要分不清"做不到"与"不肯做到"的区别，要将扫除庭院与劈开地球混作一谈。理想家说，这花园有秽气，须得扫除，——到那时候，说这宗话的人，也要算在理想党里，——他却说道，他们从来在此小便，如何扫除？万万不能，也断乎不可！

那时候，只要从来如此，便是宝贝。即使无名肿毒，倘若生在中国人身上，也便"红肿之处，艳若桃花；溃烂之时，美如乳酪"。国粹所在，妙不可言。

做了人类想成仙；生在地上要上天；明明是现代人，吸着现在的空气，却偏要勒派朽腐的名教，僵死的语言，侮蔑尽现在，这都是"现在的屠杀者"。杀了"现在"，也便杀了"将来"。——将来是子孙的时代。

暴君治下的臣民，大抵比暴君更暴；暴君的暴政，时常还不能餍足暴君治下的臣民的欲望。

中国不要提了罢。在外国举一个例：小事件则如 Gogol 的剧本《按察使》，众人都禁止他，俄皇却准开演；大事件则如巡抚想放耶稣，众人却要求将他钉上十字架。

暴君的臣民，只愿暴政暴在他人的头上，他却看着高兴，拿"残酷"做娱乐，拿"他人的苦"做赏玩，做慰安。

自己的本领只是"幸免"。

从"幸免"里又选出牺牲，供给暴君治下的臣民的渴血的欲望，但谁也不明白。死的说"阿呀"，活的高兴着。

人们有泪，比动物进化，但即此有泪，也就是不进化，正如已经只有盲肠，比鸟类进化，而究竟还有盲肠，终不能很算进化一样。凡这些，不但是无用的赘物，还要使其人达到无谓的灭亡。

现今的人们还以眼泪赠答，并且以这为最上的赠品，因为他此外一无所有。无泪的人则以血赠答，但又各各拒绝别人的血。

人大抵不愿意爱人下泪。但临死之际，可能也不愿意爱人为你下泪么？无泪的人无论何时，都不愿意爱人下泪，并且连血也不要：他拒绝一切为他的哭泣和灭亡。

人被杀于万众聚观之中，比被杀在"人不知鬼不觉"的地方快活，因为他可以妄想，博得观众中的或人的眼泪。但是，无泪的人无论被杀在什么所在，于他并无不同。

杀了无泪的人，一定连血也不见。爱人不觉他被杀之惨，仇人也终于得不到杀他之乐：这是他的报恩和复仇。

死于敌手的锋刃，不足悲苦；死于不知何来的暗器，却是悲苦。但最悲苦的是死于慈母或爱人误进的毒药，战友乱发的流弹，病菌的并无恶意的侵入，不是我自己制定的死刑。

仰慕往古的，回往古去罢！想出世的，快出世罢！想上天的，快上天罢！灵魂要离开肉体的，赶快离开罢！现在的地上，应该是执着现在，执着地上的人们居住的。

但厌恶现世的人们还住着。这都是现世的仇雠，他们一日存在，现世即一日不能得救。

先前，也曾有些愿意活在现世而不得的人们，沉默过了，呻吟过了，叹息过了，哭泣过了，哀求过了，但仍然愿意活在现世而不得，因为他们忘却了愤怒。

勇者愤怒，抽刃向更强者；怯者愤怒，却抽刃向更弱者。不可救药的民族中，一定有许多英雄，专向孩子们瞪眼。这些孱头们！

孩子们在瞪眼中长大了，又向别的孩子们瞪眼，并且想：他们一生都过在愤怒中。因为愤怒只是如此，所以他们要愤怒一生，——而且还要愤怒二世，三世，四世，以至末世。

夏天近了，将有三虫：蚤，蚊，蝇。

假如有谁提出一个问题，问我三者之中，最爱什么，而且非爱一个不可，又不准像"青年必读书"那样的缴白卷的。我便只得回答道：跳蚤。

　　跳蚤的来吮血，虽然可恶，而一声不响地就是一口，何等直截爽快。蚊子便不然了，一针叮进皮肤，自然还可以算得有点彻底的，但当未叮之前，要哼哼地发一篇大议论，却使人觉得讨厌。如果所哼的是在说明人血应该给它充饥的理由，那可更其讨厌了，幸而我不懂。

　　约翰弥耳说：专制使人们变成冷嘲。我们却天下太平，连冷嘲也没有。我想：暴君的专制使人们变成冷嘲，愚民的专制使人们变成死相。大家渐渐死下去，而自己反以为卫道有效，这才渐近于正经的活人。

　　世上如果还有真要活下去的人们，就先该敢说，敢笑，敢哭，敢怒，敢骂，敢打，在这可诅咒的地方击退了可诅咒的时代！

　　现在，从读书以至"寻异性朋友讲情话"，似乎都为有些有志者所诟病了。但我想，责人太严，也正是"五分热"的一个病源。譬如自己要择定一种口号——例如不买英日货——来履行，与其不饮不食的履行七日或痛哭流涕的履行一月，倒不如也看书也履行至五年，或者也看戏也履行至十年，或者也寻异性朋友也履行至五十年，或者也讲情话也履行至一百年。记得韩非子曾经教人以竞马的要妙，其一是"不耻最后"。即使慢，驰而不息，纵令落后，纵令失败，但一定可以达到他所向的目标。

　　预言者，即先觉，每为故国所不容，也每受同时人的迫害，大人物也时常这样。他要得人们的恭维赞叹时，必然死掉，或者沉默，或者不在面前。

　　总而言之，第一要难于质证。

　　如果孔丘，释迦，耶稣基督还活着，那些教徒难免要恐慌。对于他们的行为，真不知道教主先生要怎样慨叹。

所以，如果活着，只得迫害他。

待到伟大的人物成为化石，人们都称他伟人时，他已经变了傀儡了。

有一流人之所谓伟大与渺小，是指他可给自己利用的效果的大小而言。

人们的苦痛是不容易相通的。因为不易相通，杀人者便以杀人为唯一要道，甚至于还当作快乐。然而也因为不容易相通，所以杀人者所显示的"死之恐怖"，仍然不能够儆戒后来，使人民永远变作牛马。历史上所记的关于改革的事，总是先仆后继者，大部分自然是由于公义，但人们的未经"死之恐怖"，即不容易为"死之恐怖"所慑，我以为也是一个很大的原因。

真的猛士，敢于直面惨淡的人生，敢于正视淋漓的鲜血。这是怎样的哀痛者和幸福者？然而造化又常常为庸人设计，以时间的流驶，来洗涤旧迹，仅使留下淡红的血色和微漠的悲哀。在这淡红的血色和微漠的悲哀中，又给人暂得偷生，维持着这似人非人的世界。

我们总是中国人，我们总要遇见中国事，但我们不是中国式的破坏者，所以我们是过着受破坏了又修补，受修补了又破坏的生活。我们的许多寿命白费了。我们所可以自慰的，想来想去，也还是所谓对于将来的希望。希望是附丽于存在的，有存在，便有希望，有希望，便是光明。如果历史家的话不是诳话，则世界上的事物可还没有因为黑暗而长存的先例。黑暗只能附丽于渐就灭亡的事物，一灭亡，黑暗也就一同灭亡了，它不永久。然而将来是永远要有的，并且总要光明起来；只要不做黑暗的附着物，为光明而灭亡，则我们一定有悠久的将来，而且一定是光明的将来。

生活的舆图

萧 乾

费君：你似乎还有点迷信，希望社会对于文艺者优待一点。不要管外国作家受到怎样的待遇。没有诺贝尔奖金，中国作家就该歇工了吗？

许多初期作者曾把精力放到诉苦上了。一切有才能的人都不缺乏可抱怨的事，正像作了佳人就得带病容。这迷信我们得克制。当那么多人在穷苦着，挨着鞭打的时候，一切我们所遭受的还不是应该！

你提出了几个极富意味的问题，别位读者将会聚拢来讨论的。这里，我只想做个引子。

我们有些作者太短视，太缺乏野心。出上两本书，名字在读者脑筋上留下个作家影子，在文艺上便知足了，野心就移到了生活上。他得游西湖，而且得有漂亮人陪，文坛记者广播行踪。文章此后就成为应酬了，他艺术进境的曲线算是钻到了头。若文坛上充满了这些在工作上无进取心，在生活上争待遇的作者，伟作就永不会为他投胎。灰色的路是留给傻子走的。一个神经健全的人总注视着光亮的方向。若用世界文艺史来衡量中国新文艺的进展，我们的速度应是够惊人的了。许多英国人在写社交女子，却不见得比四十年前的《名利场》更真切动人。看看我们的文艺！十年前一篇被人称誉的小说今日重印了出来多么幼稚可笑。一双裹了几千年的脚，十几年来被我们解开，认不出了。起初，依着"中学为体"的原则，打算把它改造一下。但这没走通。多少新进的作者冲出了传统的圈子，用鲜明的言语表现出鲜明的生活意识了。如果十年前的杰作已是羞答答地立在今日作品面前，十年后我们能抑制新作的萌芽吗？我们应不停息地留心着西洋的杰作；但那些不是来吓唬我们的，对自己我们仍需要信心。

　　你想走入实生活里去，这是文艺界进步分子的普遍要求。平淡的生活只能产生平淡的文章；在你读的一些书里，你不曾把"文艺思潮"一类流行书籍列入；对于学校，你似乎也不太感兴趣。我觉得你是在走着一条正确的路。一个创作者所需要的首先是一具敏锐的感官，一对不忽略细节的眼睛，和一枝听受使唤的笔。这以外，我还得添上一幅观察生活的地图！这里首先是阐明兴衰因果的社会科学，有解释人类行为的心理学，和许多其他有用的知识；但由于与实生活隔绝，许多文学士是徒然地握着这样几张地图；闷在房里看地图固然没什么可收获，任性漫游也不是个办法。文艺的价值大部在于认识、了解和描写的深度。有希望的作者应当是一个手握地图的旅行家。他有着承受现状刺激的敏感，也还不缺乏甄别体验现状的锐力。因此，一些属于地图性质的科学是像你这样一位文艺者所不宜忽略的。

幸　福

储安平

亲爱的小兄弟：

　　这两天我早就应该给信你们了，可实在近来又够忙。昨天下午，偶尔写下了一段短短的小品，题目叫《幸福》，今天早上忽而想到抄一份给你们看也好，因为借此我可以不再去想别的话写了，以下是正文。

　　世界上的大部分人对于幸福都是憧憬的。

　　每个人有他自己的影子，这影子跟着他的主人跑，而且永远占据在和他主人身体所占据下的那空间之另一空间。关于幸福的憧憬也是这样。

　　然而幸福给每个憧憬着幸福的人却是幻灭。

　　什么是幸福呢？

　　"憧憬的现实就是幸福"。

　　但憧憬是没有底的渊。

　　只有跳在圈圈外面，才能细嚼到圈圈里面的胜味。因为你不是孩子，所以你才觉得孩子时代是神仙的；因为你病了，你才觉得健康是幸福的。

　　西湖是明媚绮丽的，这样，大家在春天跑到西湖去。但纵然一个人淌在平软的湖面上，他看到的，还是在他船身以外的岛亭或山景。

　　所以，幸福，永远是一个抽象的东西，不兑现的"现实"。纵然一种幸福的憧憬到了现实，那时，那现实了的又不叫"幸福"了。

　　知识和欲望是正比例的。欲望的原型是一双新的袜筒，知识的脚，一日伸了进去，袜筒就永远没有还复到原来那样紧小的希望了。但知识和欲望虽然是正比例，而知识与幸福却成反比例。如知识为零，幸福就无限大。

大部分人希望以增加知识而得到增加他们的幸福，结果是一个不幸的相反。

知识是无边际的，从此边际的诸知识中的某一种知识所吐出来的欲望，又是一个无边际。这无边际的欲望的光射到无边际的所得对象上。在一所得对象上系下了满足的丝，立刻，另一所得对象又和你的欲望在传情，在一切无边际中，你的能力和年龄是有限止的。

幸福的憧憬从几千年前挂下来，仍旧向无极的"以后"挂下去。幸福的憧憬将和人类进化线并行着。

幸福是夏夜的风，不会使人风凉到厌的。

中国人的恋爱，常在失恋后一个自杀，日本人的恋爱，常在顶热恋的时候双双自杀，这是日本哲学的高一筹处。

故乡的野菜

周作人

我的故乡不止一个，凡我住过的地方都是故乡。故乡对于我并没有什么特别的情分，只因钓于斯游于斯的关系，朝夕会面，遂成相识，正如乡村里的邻舍一样，虽然不是亲属，别后有时也要想念到他。我在浙东住过十几年，南京东京都住过六年，这都是我的故乡，现在住在北京，于是北京就成了我的家乡了。

日前我的妻往西单市场买菜回来，说起有荠菜在那里卖着，我便想起浙东的事来。荠菜是浙东人春天常吃的野菜，乡间不必说，就是城里只要有后园的人家都可以随时采食，妇女小儿各拿一把剪刀一只"苗篮"，蹲在地上搜寻，是一种有趣味的游戏的工作。那时小孩们唱道："荠菜马兰头，姊姊嫁在后门头。"后来马兰头有乡人拿来进城售卖了，但荠菜还是一种野菜，须得自家去采。关于荠菜向来颇有风雅的传说，不过这似乎以吴地为主。《西湖游览志》云："三月三日男女皆戴荠菜花。谚云：三春戴荠花，桃李羞繁华。"顾禄的《清嘉录》上亦说，"荠菜花俗呼野菜花，因谚有三月三蚂蚁上灶山之语，三日人家皆以野菜花置灶陉上，以厌虫蚁。清晨村童叫卖不绝。或妇女簪髻上以祈清目，俗号眼亮花。"但浙东人却不很理会这些事情，只是挑来做菜或炒年糕吃罢了。

黄花麦果通称鼠曲草，系菊科植物，叶小微圆互生，表面有白毛，花黄色，簇生梢头。春天采嫩叶，捣烂去汁，和粉作糕，称黄花麦果糕。小孩们有歌赞美之云：

> 黄花麦果韧结结，
> 关得大门自要吃，
> 半块拿弗出，一块自要吃。

清明前后扫墓时，有些人家——大约是保存古风的人家——用黄花麦果作供，但不作饼状，做成小颗如指顶大，或细条如小指，以五六个作一攒，名曰茧果，不知是什么意思，或因蚕上山时设祭，也用这种食品，故有是称，亦未可知。自从十二三岁时外出不参与外祖家扫墓以后，不复见过茧果，近来住在北京，也不再见黄花麦果的影子了。日本称做"御形"，与荠菜同为春天的七草之一，也采来做点心用，状如艾饺，名曰"草饼"，春分前后多食之，在北京也有，但是吃去总是日本风味，不复是儿时的黄花麦果糕了。

扫墓时候所常吃的还有一种野菜，俗称草紫，通称紫云英。农人在收获后，播种田内，用做肥料，是一种很被贱视的植物，但采取嫩茎滴食，味颇鲜美，似豌豆苗。花紫红色，数十亩接连不断，一片锦绣，如铺着华美的地毯，非常好看，而且花朵状若蝴蝶，又如鸡雏，尤为小孩所喜，间有白色的花，相传可以治痢。很是珍重，但不易得。日本《俳句大辞典》云："此草与蒲公英同是习见的东西，从幼年时代便已熟识。在女人里边，不曾采过紫云英的人，恐未必有罢。"中国古来没有花环，但紫云英的花球却是小孩常玩的东西，这一层我还替那些小人们欣幸的。浙东扫墓用鼓吹，所以少年常随了乐音去看"上坟船里的姣姣"；没有钱的人家虽没有鼓吹，但是船头上篷窗下总露出些紫云英和杜鹃的花束，这也就是上坟船的确实的证据了。

藕与莼菜

叶圣陶

同朋友喝酒，嚼着薄片的雪藕，忽然怀念起故乡来了。若在故乡，每当新秋的早晨，门前经过许多乡人：男的紫赤的胳膊和小腿肌肉突起，躯干高大且挺直，使人起康健的感觉；女的往往裹着白地青花的头巾，虽然赤脚，却穿短短的夏布裙，躯干固然不及男的那样高，但是别有一种康健的美的风致；他们各挑着一副担子，盛着鲜嫩的玉色的长节的藕。在产藕的池塘里，在城外曲曲弯弯的小河边，他们把这些藕一再洗濯，所以这样洁白。仿佛他们以为这是供人品味的珍品，这是清晨的画境里的重要题材，倘若涂满污泥，就把人家欣赏的浑凝之感打破了；这是一件罪过的事，他们不愿意担在身上，故而先把它们洗濯得这样洁白，才挑进城里来。他们要稍稍休息的时候，就把竹扁担横在地上，自己坐在上面，随便拣择担里过嫩的"藕枪"或是较老的"藕朴"，大口地嚼着解渴。过路的人就站住了，红衣衫的小姑娘拣一节，白头发的老公公买两枝。清淡的甘美的滋味于是普遍于家家户户了。这样情形差不多是平常的日课，直到叶落秋深的时候。

在这里，藕这东西几乎是珍品了。大概也是从我们故乡运来的。但是数量不多，自有那些伺候豪华公子硕腹巨贾的帮闲茶房们把大部分抢去了；其余的就要供在较大的水果铺里，位置在金山苹果吕宋香芒之间，专待善价而沽。至于挑着担子在街上叫卖的，也并不是没有，但不是瘦得像乞丐的臂和腿，就是涩得像未熟的柿子，实在无从欣羡。因此，除了仅有的一回，我们今年竟不曾吃过藕。

这仅有的一回不是买来吃的，是邻舍送给我们吃的。他们也不是自己买的，是从故乡来的亲戚带来的。这藕离开它的家乡大约有好些时候了，所以不复呈玉样的颜色，却满被着许多锈斑。削去皮的时候，刀锋过处，很不爽利。切成片送进嘴里嚼着，有些儿甘味，但是没有那种鲜嫩的感觉，而且似乎含了满口的渣，第二片就不想吃了。只有孩子很高兴，他把这许多片嚼完，居然有半点钟工夫不再作别的要求。

想起了藕就联想到莼菜。在故乡的春天，几乎天天吃莼菜。莼菜本身没有味道，味道全在于好的汤。但是嫩绿的颜色与丰富的诗意，无味之味真足令人心醉。在每条街旁的小河里，石埠头总歇着一两条没篷的船，满舱盛着莼菜，是从太湖里捞来的。取得这样方便，当然能日餐一碗了。

而在这里上海又不然，非上馆子就难以吃到这东西。我们当然不上馆子，偶然有一两回去叨扰朋友的酒席，恰又不是莼菜上市的时候，所以今年竟不曾吃过。直到最近，伯祥的杭州亲戚来了，送他瓶装的西湖莼菜，他送给我一瓶，我才算也尝了新了。

向来不恋故乡的我，想到这里，觉得故乡可爱极了。我自己也不明白，为什么会起这么深浓的情绪？再一思索，实在很浅显：因为在故乡有所恋，而所恋又只在故乡有，就萦系着不能割舍了。譬如亲密的家人在那里，知心的朋友在那里，怎得不恋恋？怎得不怀念？但是仅仅为了爱故乡么？不是的，不过在故乡的几个人把我们牵系着罢了。若无所牵系，更何所恋念？像我现在，偶然被藕与莼菜所牵系，所以就怀念起故乡来了。

所恋在哪里，哪里就是我们的故乡了。

习惯成自然

叶圣陶

"习惯成自然",这句老话很有意思。

我们走路,为什么总是左脚往前,右脚往后,两条胳臂跟着动荡,保持身体的均衡,不会跌倒在地上?我们说话,为什么总是依照心里的意思,先一句,后一句,一直连贯下去,把要说的都说明白了?

因为我们从小习惯了走路,习惯了说话,而且"成自然"了。什么叫做"成自然"?就是不必故意费什么心,仿佛本来就像那样的意思。

走路和说话是我们最需用的两种基本能力。推广开来,无论哪一种能力,要达到了习惯成自然的地步,才算我们有了那种能力。不达到习惯成自然的地步,勉勉强强地做一做,那就算不得我们有了那种能力。如果连勉勉强强做一做也不干,当然更说不上我们有了那种能力了。

听人家说对于样样事物要仔细观察,才能懂得明白,心里相信这个话很有道理。这当儿,我们还不是已经有了观察的能力。

听人家说劳动是人人应做的事,一切的生活资料,一切的文明文化,都从劳动产生出来的,心里相信这个话很有道理。这当儿,我们还不是已经有了劳动的能力。

听人家说读书是充实自己的一个重要法门,书本里包含着古人今人的经验,读书就是向许多古人今人学习,心里相信这个话很有道理。这当儿,我们还不是已经有了读书的能力。

听人家说人必须做个好公民,现在是民主的时代,个个公民尽责守分，才能有个好秩序，成个好局面，自己幸福，大家幸福，心里相信这个话很有道理。这当儿，我们还不是已经有了做好公民的能力。

这样说下去是说不完的，就此打住，不再举例。

要有观察的能力，必须真个用心去观察。要有劳动的能力，必须真个动手去劳动。要有读书的能力，必须真个把书本打开，认认真真去读。要有做好公民的能力，必须真个把公民应做的一切事认认真真去做。在相信人家的话很有道理的时候，只是个"知"罢了，"知"比"不知"似乎好些，但仅仅是"知"，实际上与"不知"并无两样。到了真个去观察去劳动……的时候，"知"才渐渐化为我们的习惯，习惯成自然，才是我们的能力。

通常说某人能力不强，就是某人没有养成多少习惯的意思。譬如说张三记忆力不强，就是张三没有把看见的听见的一些事物好好记住的习惯。譬如说李四发表力不强，就是李四没有把自己的思想和感情说出来写出来的习惯。

习惯养成得越多，那个人的能力越强。我们做人作事，需要种种的能力，所以最要紧的是养成种种的习惯。

养成习惯，换个说法，就是教育。教育不限于学校，也不限于读书，学校教育只是教育的一部分，读书这件事也只是教育的一部分。我们在学校里受教育，目的在养成习惯，增强能力。我们离开了学校，仍然要从种种方面受教育，并且要自我教育，目的还是在养成习惯，增强能力。习惯越自然越好，能力越增强越好，孔子一生"学而不厌"，就为他看透了这个道理。

好 书 谈

梁实秋

从前有一个朋友说,世界上的好书,他已经读尽,似乎再没有什么好书可看了。当时许多别的朋友不以为然,而较长一些的朋友就更以为狂妄。现在想想,却也有些道理。

世界上的好书本来不多,除非爱书成癖的人(那就像抽鸦片抽上瘾一样的),真正心悦诚服地手不释卷,实在有些稀奇。还有一件最令人气短的事,就是许多最伟大的作家往往没有什么凭借,但却做了后来二三流的人的精神上的财源了。柏拉图、孔子、屈原,他们一点一滴,都是人类的至宝,可是要问他们从谁学来的,或者读什么人的书而成就如此,恐怕就是最善于说谎的考据家也束手无策。这事有点怪!难道真正伟大的作家,读书不读书没有什么关系么?读好书或读坏书也没有什么影响么?

叔本华曾经说好读书的人就好像惯于坐车的人,久而久之,就不能在思想上迈步了。这真唤醒人的迷梦不小!小说家瓦塞曼竟又说过这样的话,认为倘若为了要鼓起创作的勇气,只有读二流的作品。因为在读二流的作品的时候,他可以觉得只要自己一动手就准强,倘读第一流的作品却往往叫人减却了下笔的胆量。这话也不能说没有部分的真理。

也许世界上天生有种人是作家,有种人是读者。这就像天生有种人是演员,有种人是观众;有种人是名厨,有种人却是所谓"老饕"。演员是不是十分热心看别人的戏,名厨是不是爱尝别人的菜,我也许不能十分确切地肯定,但我见过一些作家,却确乎不大爱看别人的作品。如果是同时代的人，更如果是和自己的名气不相上下的人，大概尤其不愿意寓目。我见过一个名小说家，他的桌上空空如也，架上仅有的几本书是他自己的新著，以及自己所编过的期刊。我也曾见过一个名诗人（新诗人），他的惟一读物是《唐诗三百首》，而且在他也尽有多余之感了。这也不一定只是由于高傲，如果分析起来，也许是比高傲还复杂的一种心理。照我想，也许是真像厨子（哪怕是名厨），天天看见油锅油勺，就腻了。除非自己逼不得已而下厨房，大概再不愿意去接触这些家伙，甚而不愿意见一些使他可以联想到这些家伙的物事。职业的辛酸，也有时是外人不晓得的。唐代的阎立本不是不愿意自己的儿子再做画师么？以教书为生活的人，也往往看见别人在声嘶力竭地讲授，就会想到自己，于是觉得"惨不忍闻"。做文章更是一桩呕心血的事，成功失败都要有一番产痛，大概因此之故不忍读他人的作品了。

撇开这些不说，站在一个纯粹读者而论，却委实有好书不多的实感。分量多的书，糟粕也就多。读读杜甫的选集十分快意，虽然有些佳作也许漏过了选者的眼光。读全集怎么样？叫人头痛的作品依然不少。据说有把全集背诵一字不遗的人，我想这种人是缺乏美感，就只是为了训练记忆。顶讨厌的集子更无过于陆放翁，分量那么大，而佳作却真寥若晨星。反过来，《古诗十九首》、郭璞《游仙诗》十四首却不能不叫人公认为人类的珍珠宝石。钱钟书的小说里曾说到一个产量大的作家，在房屋恐慌中，忽然得到一个新居，满心高兴，谁知一打听，才知道是由于自己的著作汗牛充栋的结果，把自己原来的房子压塌，而一直落在地狱里了。这话诚然有点刻薄，但也许对于像陆放翁那样不知趣的笨伯有一点点儿益处。

古今来的好书，假若让我挑选，我举不出十部。而且因为年龄、环境的不同，也不免随时有些更易。单就目前论，我想是《柏拉图对话集》、《论语》、《史记》、《世说新语》、《水浒传》、《庄子》、《韩非子》，如此而已。其他的书名，我就有些踌躇了。或者有人问，你自己的著作可以不可以列上？我很悲哀，我只有毫不踌躇的放弃附骥之想了。一个人有勇气（无论是糊涂或欺骗）是可爱的，可惜我不能像上海某名画家，出了一套世界名画选集，却只有第一本，那就是他自己的"杰作"！

文学里的"幽默"

梁实秋

我们常在文字言谈中间遇见"幽默"二字，幽默到底是什么东西？据说，想寻求幽默的定义的人，就是缺乏幽默。大概幽默是不容有定义的，此其所以为幽默。但是我们既是缺乏幽默了，索性不幽默的来问问：幽默到底是什么东西？

幽默是 humour 的译音。humour 又怎么讲呢？这个字的意义曾经有过剧烈的变迁，可分为几个阶段来讲：

（一）字源出于拉丁文之 humorem，其意义为"湿气"、"液体"。这是这个字的原来的意思。自从这个字变成了英国字以后，它的原来的意义亦并未消失，自十四世纪以至于十七世纪末，英国文学中不少按照原意使用这字的例。

（二）这个字传到英国，除原义以外，还有另外一义，那便是根据古代及中古之生理学，认定人的身体里面含有四种幽默，即四种液体——热血、冷血、黄胆汁、黑胆汁。一个人的身体和性质的特征，便是要看这四种幽默的配合的情形而定的。例如冷血特多的人便是性情迟滞，黑胆汁特多的便是性情忧郁，黄胆汁特多的人易怒，热血特多的人活泼。这有一点像我们中国的五行之说，不过他们是四行罢了。由这一种意义，我们可以知道"幽默"一名词有由"物质的"转趋于"心理的"变化了。这变化也是在十四世纪就有了。

（三）在英国戏剧中，班章孙的"幽默的喜剧"，是很著名的。他用"幽默"这名词是差不多完全撇掉它的原义，把"幽默"的意义完全变为一种心理状态，变为 rulingpassion，变为怪僻的性格，变为奇特的脾气或嗜好。怪僻的性格和奇特的脾气，描写起来，自然的趋于"夸张"、"古怪"。

（四）由不自觉的一种脾气变为自觉的一种态度，这便是"幽默"一名词之近代的涵义之来源。性格怪僻、行为古怪的人同是一个"幽默者"：即善能发见别人或自己之怪僻古怪，或善于发见一切事体之矛盾冲突，他也便是一位"幽默家"了。英国十九世纪小说大家（也是一位幽默家）萨克莱在英美及苏格兰的演讲录《英国的幽默家》，里面讲的是十八世纪的幽默家十二人，——都是谁？是绥夫特、康格雷夫、阿迪生，斯蒂尔、Prior、Gay、蒲伯、Hogarth、Smollett、Fielding、Sterne 与高尔斯密。

（五）幽默不仅仅是作家的观察人生的一种态度，并且也是作品里一种品质了。凡是以同情的、自然的、俏皮的笔调来描写人生之矛盾怪僻的作品，便自然的具有了幽默的品质。幽默不等于"俏皮话"，但幽默却永远是俏皮的。

以上说的是英文中"幽默"一词所涵的意义。至于翻译成中文后之幽默是橘变为枳，还是枳变为橘，目前不少事实的证明，是不须我来批评的。

幽默是文学里的一种品质，不是一种体裁。我们可以说某一篇文章含有幽默，或是幽默的，但我们很难在诗歌、小说、戏剧散文诸体裁之外再创出一种"幽默体"。"幽默的诗"、"幽默的小说"等等的名词是可以成立的，因为这是说在诗歌、小说中加入了幽默的成分。幽默是难能可贵的品质，有了它可以使得文学作品分外的活泼有趣，没有它呢，诗还是诗，小说还是小说。幽默的本身不能成为文学，且亦非文学所必须备有的品质之一。

幽默既是文学的一种品质，所以在文学作品里绝不能从头至尾全篇的幽默，只可以在遇到适宜的情节时偶然的来幽默一下子。若是一篇作品，一句一幽默，那便成了幽默体，也便成了笑话。幽默专家，和开门便令人发笑的小丑差不多，他在文学里是有位置的，但是他自己唱不了一出戏。勉强叫他唱一出戏，那便成了一出低级趣味的笑剧趣剧。所以幽默这种东西，在文学里是颇有用处的，但亦不能超过了一定的分量。

幽默是难以学习的，对于幽默的赏识也是难以学习的。令不幽默的人写幽默的文字，那真令人作呕；令不懂幽默的人懂幽默，那真是幽默了。有幽默的作家，在作品里不会不表现出他的幽默，遇到懂幽默的，不会不赏识幽默，那是再自然没有的事。提倡似乎很难罢？

幽默不是舞文弄墨的事，单在字上是不能推敲出多少幽默来的。一篇白话文，在里面硬插入几句古文烂调，之乎者也的大转一气，自然也有一点可笑（或可厌），但不是幽默。幽默是存在于作家的态度里，表现在他的作风里，——如何立意，如何取材，如何布局，如何描写，如何遣词，这些地方是该注意的。但咬文嚼字是不必需的，因为那只能产生一篇"游戏文章"，不能给文学作品以幽默的品质。古文里尽有幽默的作品，白话文里也尽有幽默的作品，白话掺古文呢，也许能有幽默的效果，但不是可以屡次尝试的一条路。

谈 时 间

梁实秋

"人生不满百",大致是不错的。当然,老而不死的人,不是没有,不过期颐以上不是一般人所敢想望的。数十寒暑当中,睡眠去了很大一部分。苏东坡所谓"睡眠去其半",稍嫌有点夸张,大约三分之一左右总是有的。童蒙一段时期,说它是天真未凿也好,说它是昏昧无知也好,反正是浑浑噩噩,不知不觉;乃至寿登耄耋,老悖聋瞀,甚至"佳丽当前,未能缱绻",比死人多一口气,也没有多少生趣可言。掐头去尾,人生所余无几。就是这短暂的一生,时间亦不见得能由我们自己支配。约翰逊博士所抱怨的那些不速之客,动辄登门拜访,不管你正在怎样忙碌,他觉得宾至如归,这种情况固然令人啼笑皆非,我觉得究竟不能算是怎样严重的"时间之贼"。他只是在我们的有限的资本上抽取一点捐税而已。我们的时间之大宗的消耗,怕还是要由我们自己负责。

有人说:"时间即生命"。也有人说:"时间即金钱"。二说均是,因为有人根本认为金钱即生命。不过细想一下,有命斯有财,命之不存,财于何有?要钱不要命者,固然实繁有徒,但是舍财不舍命,仍然是较聪明的办法。所以《淮南子》说:"圣人不贵尺之璧而重寸之阴,时难得而易失也。"我们幼时,谁没有作过"惜阴说"之类的课艺?可是谁又能趁早体会到时间之"难得而易失"?我小的时候,家里请了一位教师,书房桌上有一座钟,我和我的姊姊常乘教师不注意的时候把时针往前拨快半个钟头,以便提早放学,后来被老师觉察了,他用朱笔在窗户纸上的太阳阴影划一痕记,作为放学的时刻,这才息了逃学的念头。

时光不断的在流转，任谁也不能攀住它停留片刻。"逝者如斯夫，不舍昼夜！"我们每天撕一张日历，日历越来越薄，快要撕完的时候便不免矍然以惊，惊的是又临岁晚，假使我们把几十册日历装为合订本，那便象征我们的全部的生命，我们一页一页的往下扯，该是什么样的滋味呢？"冬天一到，春天还会远吗？"可是你一共能看见几次冬尽春来呢？

　　不可挽住的就让它去罢！问题在，我们所能掌握的尚未逝去的时间，如何去打发它。梁任公先生最恶闻"消遣"二字，只有活得不耐烦的人才忍心的去"杀时间"。他认为一个人要作的事太多，时间根本不够用，那里还有时间可供消遣？不过打发时间的方法，各人亦不同，士各有志。乾隆皇帝下江南，看见运河上舟楫往来，熙熙攘攘，顾问左右："他们都在忙些什么？"和珅侍卫在侧，脱口而出："无非名利二字。"这答案相当正确，我们不可以人废言。不过三代以下唯恐其不好名，大概名利二字当中还是利的成份大些。"人为财死，鸟为食亡"，时间即金钱之说仍属不诬。诗人渥资华斯有句：

　　　尘世耗用我们的时间太多了，夙兴夜寐，
　　　　赚钱挥霍，把我们的精力都浪费掉了。

　　所以有人宁可遁迹山林，享受那清风明月，"侣鱼虾而友麋鹿"，过那高蹈隐逸的生活。诗人济慈宁愿长时间的守着一株花，看那花苞徐徐展瓣，以为那是人间至乐。嵇康在大树底下扬槌打铁，"浊酒一杯，弹琴一曲"；刘伶"止则操卮执觚，动则挈榼提壶"，一生中无思无虑其乐陶陶。这又是一种颇不寻常的方式。最澈底的超然的例子是"传灯录"所记录的："南泉和尚问陆亘曰：'大夫十二时中作么生？'陆云：'寸丝不挂'。"寸丝不挂即是了无挂碍之谓，"原来无一物，何处染尘埃？"这境界高超极了，可以说是"以天地为一朝，万朝为须臾"，根本不发生什么时间问题。

人，诚如波斯诗人莪谟伽耶玛所说，来不知从何时来，去不知向何处去，来时并非本愿，去时亦未征得同意，胡里胡涂的在世间逗留一段时间。在此期间内，我们是以心为形役呢，还是立德立功立言以求不朽呢，还是参究生死直超三界呢？这大主意需要自己拿。

东西人的教育之不同

梁漱溟

十年岁杪,借年假之暇,赶山西讲演之约,新年一月四日。在省垣阳曲小学为各小学校教职员诸君谈话如此。《教育杂志》主者李石岑先生来征文,仓卒无以应;姑即以此录奉。稿为陈仲瑜君笔记。

记得辜鸿铭先生在他所作批评东西文化的一本书所谓《春秋大义》里边说到西方人教育的不同。他说:西洋人入学读书所学的一则曰知识,再则曰知识,三则曰知识,中国人入学读书所学的是君子之道。这话说得很有趣,并且多少有些对处。虽然我们从前教人作八股文章算得教人以君子之道否,还是问题;然而那些材料——《论语》、《孟子》、《大学》、《中庸》——则是讲的君子之道。无论如何,中国人的教育,总可以说是偏乎这么一种意向的。而西洋人所以教人的,除近来教育上的见解不计外,以前的办法尽是教给人许多知识:什么天上几多星,地球怎样转,……现在我们办学校是仿自西洋,所有讲的这许多功课都是几十年前中国所没有,全不曾以此教人的;而中国书上那些道理也仿佛为西洋教育所不提及。此两方教育各有其偏重之点是很明的。大约可以说,中国人的教育偏着在情意的一边,例如孝弟……之教;西洋人的教育偏着知的一边,例如诸自然科学……之教。这种教有的不同,盖由于两方文化的路径根本异趣;他只是两方整个文化不同所表现出之一端。此要看我的《东西文化及其哲学》便知。昨天到督署即谈到此。有人很排斥偏知的教育;有人主张二者不应偏废。这不可偏废自然是完全的合理的教育所必要。

我们人一生下来就要往前生活;生活中第一需要的便是知识。

即如摆在眼前的这许多东西，哪个是可吃，哪个是不可吃，哪是滋养，哪些是有毒，……都需要知道；否则，你将怎么去吃呢？若都能知道，即为具有这一方面的知识，然后这一小方面的生活才对付的下去。吾人生活各方面都要各有其知识或学术才行；学问即知识之精细确实贯串成套者。知识或学问，也可出于自家的创造——由个人经验推理而得；也可以从旁人指教而来——前人所创造的教给后人。但知识或学问，除一部分纯理科学如数理论理而外，大多是必假经验才得成就的；如果不走承受前人所经验而创造的一条路，而单走个人自家的创造一路，那一个人不过几十年，其经验能有几何？待有经验，一个人已要老死了；再来一个人又要从头去经验。这样安得有许多学问产生出来？安得有人类文明的进步？所谓学问，所谓人类文明进步实在是由前人的创造教给后人。如是继续开拓深入才得有的，无论是不假经验的学问，或必假经验的学问都是如此；而必蹬经验助学问则尤其必要。并且一样一样都要亲自去尝试阅历而后知道如何对付，也未免太苦、太不经济，绝无如是办法。譬如小孩子生下来，当然不要他自去尝试哪个可吃，哪个不可吃，而由大人指教给他。所以无论教育的意义如何，知识的授受总不能不居教育上最重要之一端。西洋人照他那文化的路径，知识方面成就的最大，并且容易看得人的生活应当受知识的指导；从苏格拉底一直到杜威的人生思想都是如此。其结果也真能做到各方面的生活都各有其知识，而生活莫不取决于知识，受知识的指导；——对自然界的问题就有诸自然科学为指导，对社会人事的问题就有社会科学为指导，这虽然也应当留心他的错误，然自其对的一面去说，则这种办法确乎是对的。中国人则不然：从他的脾气，在无论哪一项生活都不喜欢准据于知识；而且照他那文化的路径，于知识方面成就的最鲜。也无可为准据者。其结果几千年到现在，遇着问题——不论大小难易——总是以个人经验、意见、心思、手腕为对付。

即如医学，算是以其专门学问了；而其实，在这上边尤其见出他们只靠着个人的经验、意见、心思、手腕去皮傅一切。中国医生没有他准据的药物学，他只靠着他用药开单的经验所得；他没有他准据病理学，内科学，他只靠着他临床的问题所得。由上种种情形互相因果，中国的教育很少是授人以知识，西洋人的教育则多是授人知识。但人类的生活应当受知识的指导，也没有法子不受知识的指导；没有真正的知识，所用的就只是些不精细不确实未得成熟贯串的东西。所以就这一端而论，不能说不是我们中国人生活之缺点。若问两方教育的得失，则西洋于此为得，中国于此为失。以后我们自然应当鉴于前此之失，而于智慧的启牖、知识的授给加意。好在自从西洋派教育输入，已经往这一边去做了。

情意一面之教育根本与知的一面之教育不同；即如我们上面所说知的教育之所必要，在情意一面则乌有。故其办法亦即知的教育固不仅为知识的授给，而尤且着意智慧的启牖。然实则论如何，知识的授给，终为知的教育最重要之一端；此则与情意的教育截然不同之所在也。智慧的启牖，其办法与情意教育或不相远；至若知识的授给，其办法与情意教育乃全不相应。盖情意是本能，所谓不学而能，不虑而知的：为一个人生来所具有无缺欠者，不同乎知识为生来所不具有；为后天所不能加进去者，不同乎知识悉从后来得来（不论出于自家的创造或承受前人，均为从外面得起的，后进去的）。既然这样，似乎情意既不待教育，亦非可教育者。此殊不然。生活的本身全在情意方面，而知的一边——包括固有智慧与后天的知识——只是生活之工具。工具弄不好，固然生活不好，生活本身（即情意方面）如果没有弄得妥帖恰好，则工具虽利将无所用之，或转自殆戚，所以情意教育更是根本的。这就是说，怎样要生活本身弄得恰好是第一个问题；生活工具的讲求固是必要，无论如何，不能不居于第二个问题。所谓教育不但在智慧的启牖和知识的创造授受，尤在调顺本能使生活本身得其恰好。本能虽不待教给、非可教给者，但仍旧可以教育的，并且很需要教育。因为本能极容易搅乱失宜，即生活很难妥帖恰好，所以要调理它得以发育活动到好处；这便是情意的教育所要用的工夫，——其工夫与智慧的启牖或近，与知识的教给便大不同。从来中国人的教育很着意于要人得有合理的生活，而极顾虑情意的失宜，从这一点论，自然要算中国的教育为得，而西洋人忽视此点为失。盖西洋教育着意生活的工具，中国教育着意生活本身，各有所得，各有所失也。然中国教育虽以常能着意生活本身故谓为得，却是其方法未尽得宜。盖未能审察情的教育与知的教育之根本不同，常常把教给知识的方法用于情意教育。譬如大家总好以干燥无味的办法，给人以孝弟忠信等教训，如同教给他知识一般。其实这不是知识，不能当作知识去授给他；应当从怎样使他那为这孝弟忠信所从来之根本（本能）得以发育活动，则他自然会孝弟忠信。这种干燥的教训只注入知的一面、而无甚影响于其根本的情意。则生活行事仍旧不能改善合理。人的生活行动在以前大家都以为出于知的方面，纯受知识的支配，所以苏格拉底说知识即道德；谓人只要明白，他做事就对，这种思想，直到如今才由心理学的进步给它一个翻案。原来人的行动不能听命于知识的。孝弟忠信的教训，差不多即把道德看成知识的事。我们对于本能只能从旁去调理它、顺导它、培养它，不要妨害它、搅乱它，如是而已。如孝亲一事，不必告诉他长篇大套的话，只须顺着小孩子爱亲的情趣，使他自由发挥出来便好。爱亲是他自己固有的本能，完全没有听过孝亲的教训的人，即能由此本能而知孝亲；听过许多教训的人，也许因其本能受妨碍而不孝亲。在孔子便不是以干燥之教训给人的；他根本导人以一种生活。而借礼乐去调理情意。但是到后来，孔子的教育不复存在，只剩下这种干燥教训的教育法了。这也是我们以后教育应当知所鉴戒而改正的。还有教育上常喜欢借赏罚为手段，去改善人的生活行为，这是极不对的。赏罚是利用人计较算账的心理而支配他的动作；便使情意不得活动，妨害本能的发挥；强知方面去做主，根本搅乱了生活之顺序。所以这不但是情意的教育所不宜，而且有很坏的影响。因为赏罚而去为善或不作恶的小孩，我以为根本不可教的；能够反抗赏罚的，是其本能力量很强，不受外面的搅乱，倒是很有希望的。

三种人生态度

梁漱溟

"人生态度"是指人日常生活的倾向而言，向深里讲，即入了哲学范围；向粗浅里说，也不难明白。依中国分法，将人生态度分为"出世"与"入世"两种，但我嫌其笼统，不如三分法较为详尽适中。我们仔细分析：人生态度之深浅、曲折、偏正……各式各种都有；而各时代、各民族、各社会，亦皆有其各种不同之精神；故欲求不笼统，而究难免于笼统。我们现在所用之三分法，亦不过是比较适中的办法而已。

按三分法，第一种人生态度，可用"逐求"二字以表示之。此意即谓人于现实生活中逐求不已：如，饮食、宴安、名誉、声、色、货、利等，一面受趣味引诱，一面受问题刺激，颠倒迷离于苦乐中，与其他生物亦无所异；此第一种人生态度（逐求），能够彻底做到家，发挥至最高点者，即为近代之西洋人。他们纯为向外用力，两眼直向前看，逐求于物质享受，其征服自然之威力实甚伟大，最值得令人拍掌称赞。他们并且能将此第一种人生态度理智化，使之成为一套理论——哲学。其可为代表者，是美国杜威之实验主义，他很能细密地寻求出学理的基础来。

第二种人生态度为"厌离"的人生态度。第一种人生态度为人对于物的问题，第三种人生态度为人对于人的问题，此则为人对于自己本身的问题。人与其他动物不同，其他动物全走本能道路，而人则走理智道路，其理智作用特别发达。其最特殊之点，即在回转头来反看自己，此为一切生物之所不及于人者。当人转回头来冷静地观察其生活时，即感觉得人生太苦，一方面自己为饮食男女及一切欲望所纠缠，不能不有许多痛苦；而在另一方面，社会上又充满了无限的偏私、嫉忌、仇怨、计较，以及生离死别种种现象，更足使人感觉得人生太无意思。如此，乃产生一种厌离人世的人生态度。此态度为人人所同有。世俗之愚夫愚妇皆有此想，因愚夫愚妇亦能回头想，回头想时，便欲厌离。但此种人生态度虽为人人所同具，而所分别者即在程度上深浅之差，只看彻底不彻底，到家不到家而已。此种厌离的人生态度，为许多宗教之所由生。最能发挥到家者，厥为印度人；印度人最奇怪，其整个生活，完全为宗教生活。他们最彻底，最完全；其中最通透者为佛家。

第三种人生态度，可以用"郑重"二字表示之。郑重态度，又可分为两层来说：其一，为不反观自己时——向外用力；其二，为回头看自家时——向内用力。在未曾回头看而自然有的郑重态度，即儿童之天真烂漫的生活。儿童对其生活，有天然之郑重，与天然之不忽略，故谓之天真；真者真切；天者天然，即顺从其生命之自然流行也。于此处我特别提出儿童来说者，因我在此所用之"郑重"一词似太严重。其实并不严重。我之所谓"郑重"，实即自觉地听其生命之自然流行，求其自然合理耳。"郑重"即是将全副精神照顾当下，如儿童之能将其生活放在当下，无前无后，一心一意，绝不知道回头反看，一味听从于生命之自然的发挥，几与向前逐求差不多少，但确有分别。此系言浅一层。

更深而言之，从反回头来看生活而郑重生活，这才是真正的发挥郑重。这条路发挥得最到家的，即为中国之儒家。此种人生态度亦甚简单，主要意义即是教人"自觉的尽力量去生活"。此话虽平常，但一切儒家之道理尽包含在内：如后来儒家之"寡欲""节欲""窒欲"等说，都是要人清楚地自觉地尽力于当下的生活。儒家最反对仰赖于外力之催逼，与外边趣味之引诱往前度生活。引诱向前生活，为被动的、逐求的，而非为自觉自主的；儒家之所以排斥欲望，即以欲望为逐求的、非自觉的，不是尽力量去生活。此话可以包含一切道理：如"正心诚意"、"慎独"、"仁义"、"忠恕"等，都是以自己自觉的力量去生活。再如普通所谓"仁至义尽"、"心情俱到"等，亦皆此意。

　　此三种人生态度，每种态度皆有浅深。浅的厌离不能与深的逐求相比。逐求是世俗的路，郑重是道德的路，而厌离则为宗教的路。将此三者排列而为比较，当以逐求态度为较浅；以郑重与厌离二种态度相较，则郑重较难；从逐求态度进步转变到郑重态度自然也可能，但我觉得很不容易。普通都是由逐求态度折到厌离态度，从厌离态度再转入郑重态度，宋明之理学家大多如此，所谓出入儒释，都是经过厌离生活，然后重又归来尽力于当下之生活。即以我言，亦恰如此。在我十几岁时，极接近于实利主义，后转入于佛家，最后方归于儒家。厌离之情殊为深刻，由是转过来才能尽力于生活；否则便会落于逐求，落于假的尽力。故非心里极干净，无纤毫贪求之念，不能尽力生活。而真的尽力生活，又每在经过厌离之后。

我的读书经验

曹聚仁

中年人有一种好处，会有人来请教什么什么之类的经验之谈。一个老庶务善于揩油，一个老裁缝善于偷布，一个老官僚善于刮刷，一个老政客善于弄鬼作怪，这些都是新手所钦佩所不得不请教的。好多年以前，上海某中学请了许多学者专家讲什么读书方法读书经验，后来还出一本专集。我约略翻过一下，只记得还是"多读多看多做"那些"好"方法，也就懒得翻下去。现在轮到我来谈什么读书的经验，悔当年不到某中学去听讲，又不把专集仔细看一看；提起笔来，觉得实在没有话可说。

记得四岁时，先父就叫我读书。从《大学》、《中庸》读起，一直读到《纲鉴易知录》，《近思录》；《诗经》统背过九次，《礼记》、《左传》念过两遍，只有《尔雅》只念过一遍。要说读经可以救国的话，我该是救国志士的老前辈了。那时候，读经的人并不算少，仍无补于满清的危亡，终于做胜朝的遗民。先父大概也是维新党，光绪三十二年就办起小学来了；虽说小学里有读经的科目，我读完了《近思录》，就读商务印书馆出版的《高等小学图文教科书》；我仿读史的成例，用红笔把那部教科书从头圈到底，以示倾倒爱慕的热忱，还换了先父一顿重手心。我的表弟在一只大柜上读《看图识字》，那上面有彩色图画；趁先父不在的时候，我就抢过来看。不读经而爱圈教科书，不圈教科书而抢看图识字，依痛哭流涕的古主任古直江博士江亢虎的"读经""存文"义法看来，大清国是这样给我们亡了的；我一想起，总觉得有些歉然，所以宣统复辟，我也颇赞成。

先父时常叫我读《近思录》，《近思录》对于他很多不利之处。

他平常读《四书》，只是用朱注，《近思录》上有周敦颐、张载、邵雍、程明道、程伊川种种不同的说法，他不能解释为什么同是贤人的话，有那样的不大同；最疑难的，明道和伊川兄弟俩也那样不大同，不知偏向那一面为是。我现在回想起来，有些地方他是说得非常含糊的。有一件事，他觉得很惊讶：我从《朱文公全集》找到一段朱子说岳飞跋扈不驯的记载，他不知道怎样说才好，既不便说朱子说错，又不便失敬岳武穆，只能含糊了事。有一年，他从杭州买了《王阳明全集》回来，那更多事了：有些地方，王阳明把朱熹驳得体无完肤，把朱熹的集注统翻过身来，谁是谁非，实在无法下判断。翻看的书愈多，疑问之处愈多，一个十一二岁的小孩已经不大信任朱老夫子了。

我的姑夫陈洪范，他是以善于幻想善于口辩为人们所爱好，亦以此为人们所嘲笑，说他是"白痴"。他告诉我们："尧舜未必有其人，都是孔子、孟子造出来的。"他说得头头是道，我们很爱听；第二天，我特地去问他，他却又改口否认了。我的另一位同学，姓朱的；他说他的祖先朱××于太平天国乱事初起时，在广西做知县；"洪大全"的案子是朱××所捏造的，他还告诉我许多胥吏捏造人证物证的故事。姑夫虽否认孔孟捏造尧舜的话，我却有点相信。

我带着一肚子疑问到杭州省立第一师范去读书，从单不庵师研究一点考证学。我才明白不独朱熹说错，王阳明也说错；不独明道和伊川之间有不同，朱熹的晚年本与中年本亦有不同；不独宋人的说法纷歧百出，汉、魏、晋、唐多代亦纷纭万状；一部经书，可以打不清的官司。本来想归依朴学，定于一尊，而吴、皖之学又有不同，段、王之学亦出入；即是一个极小的问题，也不能依违两可，非以批判的态度，便无从接受前人的意见的。姑夫所幻设的孔、孟捏造尧、舜的论议，从康有为《孔子改制考》、《新学伪经考》找到有力的证据，而岳武穆跋扈不驯的史实，在马端临《文献通考》得了确证。这才恍然大悟，"前人恃胸臆以为断，其袭取者多谬，而不谬者反在其所弃。"（戴东原语）信古总要上当的。单师不庵读书之博，见闻之广，记忆力之强，足够使我们佩服；他所指示正统派的考证方法和精神，也帮助解决了不少疑难。我对于他的信仰，差不多支持十年之久。

然而幻灭期毕竟到来了。五四运动所带来的社会思潮，使我们厌倦于琐碎的考证。胡适的《中国哲学史大纲》带来实证主义的方法，人生问题、社会问题的讨论，带来广大的研究对象，文学哲学社会……的名著翻译，带来新鲜的学术空气，人人炽燃着知识欲，人人向往于西洋文明。在整理国故方面，梁启超的《中国历史研究法》，顾颉刚的古史讨论，也把从前康有为手中带浪漫气氛的今文学，变成切切实实的新考证学。我们那位姓陈的姑夫，他的幻想不独有康有为证明于前，顾颉刚又定谳于后了。这样，我对于索所尊敬的单不庵师也颇有点怀疑起来。甚而对于戴东原的信仰也大大动摇，渐渐和章实斋相近了。我和单不庵师第二次相处于西湖省立图书馆（民国十六年），这一相处，使我对于他完全失了信仰。他是那样的渊博，却又那样地没有一点自己的见解；读的书很多，从来理不成一个系统。他是和鹤见辅所举的亚克敦卿一样，"蚂蚁一般勤劬的学殖，有了那样的教养，度着那么具有余裕的生活，却没有留下一卷传世的书；虽从他的讲义录里，也不能寻此一个创见来。他的生涯中，是缺少着人类最上的力的那创造力的。他就像戈壁的沙漠的吸流水一样，吸收了知识，却并一泓清泉，也不能喷到地上面来"。省立图书馆中还有一位同事——嘉兴陆仲襄先生也是这样的。这可以说是上一代那些读古书的人的共同悲哀。

我有点佩服德国大哲人康德（Kunt），他能那样的看了一种书，接受了一个人的见解，又立刻能把那人那书的思想排逐了出去，永远不把别人的思想砖头在自己的周围砌起墙头来。那样博学，又能那样构成自己的哲学体系，真是难能可贵的。

我读了三十年，实在没有什么经验可说。若非说不可，那只能这样：

第一，时时怀疑古人和古书，

第二，有胆量背叛自己的父师，

第三，组织自我的思想系统。

若要我对青年们说一句经验之谈，也只能这样："爱惜精神，莫读古书！"

贤明的——聪明的父母

俞平伯

这是一个讲演的题目,去年在师大附中讲的。曾写出一段,再一看,满不是这么回事,就此丢开。这次所写仍不惬意,写写耳。除掉主要的论旨以外,与当时口说完全是两件事,这是自然的。

照例的引子,在第一次原稿上写着有的,现在只删剩一句:题目上只说父母如何,自己有了孩子,以父亲的资格说话也。卫道君子见谅呢,虽未必,总之妥当一点。

略释本题,对于子女,懂得怎样负必须负的责任的父母是谓贤明,不想负不必负的责任是谓聪明,是一是二,善读者固一目了然矣,却照例"下回分解"。

先想一个问题,亲之于子(指未成年的子女),子之于亲,其关系是相同与否?至少有点儿不同的,可比作上下文,上文有决定下文的相当能力,下文则呼应上文而已。在此沿用旧称,尽亲之道是上文,曰慈,尽子之道是下文,曰孝。

慈是无条件的,全体的,强迫性的。何以故?第一,自己的事,只有自己负责才合式,是生理的冲动,环境的包围,是自由的意志,暂且都不管。总之,要想,你们若不负责,那么,负责的是已死的祖宗呢,未生的儿女呢,作证婚介绍的某博士某先生呢,拉皮条牵线的张家婶李家姆呢?我都想不通。第二,有负全责的必要与可能,我也想不出有什么担负不了的。决定人的一生,不外先天的遗传,后天的教育。遗传固然未必尽是父母的责任,却不会是父母以外的人的。教育之权半操诸师友,半属诸家庭,而选择师友的机会最初仍由父母主之。即教育以外的环境,他们亦未始没有选择的机会。

第三，慈是一种公德，不但须对自己，自己的子女负责，还得对社会负责。留下一个不尴不尬的人在世上鬼混，其影响未必小于在马路上啐一口痰，或者"君子自重"的旮旯上去小便。有秩序的社会应当强迫父母们严守这不可不守，对于种族生存有重大意义的公德。

这么看来，慈是很严肃的，决非随随便便溺爱之谓，而咱们这儿自来只教孝不教慈，只说父可以不慈，子不可以不孝，却没有人懂得即使子不孝，父也不可不慈的道理；只说不孝而后不慈，天下无不是的父母，却不知不慈然后不孝，天下更无不是的儿女，这不但是偏枯，而且是错误，不但是错误，而且是颠倒。

孝是不容易讲的，说得不巧，有被看做洪水猛兽的危险。孝与慈对照，孝是显明地不含社会的强迫性。举个老例，瞽瞍杀人，舜窃负而逃，弃天下如敝屣，孝之至矣；皋陶即使会罗织，决不能证舜有教唆的嫌疑。瞽瞍这个老头儿，无论成才不成才，总应当由更老的他老子娘去负责，舜即使圣得可以，孝得可观，也恕不再来负教育瞽瞍的责任；他并没有这可能。商均倒是他该管的。依区区之见，舜家庭间的纠纷，不在乎父母弟弟的捣乱，却是儿子不争气，以致锦绣江山，丈人传给他的，被仇人儿子生生抢走了，于舜可谓白璧微瑕。他也是只懂得孝不懂得慈的，和咱们一样。

社会的关系既如此，就孝的本身说，也不是无条件的，这似乎有点重要。我一向有个偏见，以为一切感情都是后天的，压根儿没有先天的感情。有一文叫做感情生于后天论，老想做，老做不成，这儿所谈便是一例。普通所谓孝的根据，就是父母儿女之间有所谓天性，这个天性是神秘的，与生俱生的，不可分析的。除掉传统的信念以外，谁也不能证明它的存在。我们与其依靠这混元一气的先天的天性，不如依靠寸积铢累的后天的感情来建立亲子的关系，更切实而妥帖。详细的话自然在那篇老做不出的文章上面。

说感情生于后天，知恩报恩，我也赞成的。现在讨论恩是什么。一般人以为父亲对于子女，有所谓养育之恩，详细说，十月怀胎，三年乳哺，这特别偏重母亲一点。赋与生命既是恩，孩子呱呱坠地已经对母亲，推之于父亲负了若干还不清的债务，这虽不如天性之神秘，亦是一种先天的系属了。说我们生后，上帝父亲母亲然后赋以生命，何等的不通！说我们感戴未生以前的恩，这非先天而何？若把生命看做一种礼物而赋予是厚的馈赠呢，那么得考量所送礼物的价值。生命之价值与趣味恐怕是永久的玄学上的问题，要证明这个，不见得比证明天性的存在容易多少，也无从说起。亲子的关系在此一点上，是天行的生物的，不是人为的伦理的。把道德的观念建筑在这上面无有是处。

亲子间的天性有无既难定，生命的单纯赋与是恩是怨也难说，传统的名分又正在没落，孝以什么存在呢？难怪君子人惴惴焉有世界末日之惧。他们忽略这真的核心，后天的感情。这种感情并非特别的，只是最普通不过的人情而已。可惜咱们亲子的关系难得建筑在纯粹的人情上，只借着礼教的权威贴上金字的封条，不许碰它，不许讨论它，一碰一讲，大逆不道。可是"世衰道微"之日，顽皮的小子会不会想到不许碰，不许讲，就是"空者控也，搜者走也"的一种暗示，否则为什么不许人碰它，不许人讨论它。俗话说得好："为人不做亏心事，半夜敲门鬼不惊。"

人都是情换情的，惟孝亦然。上已说过慈是上文，孝是下文，先慈后孝非先孝后慈，事实昭然不容驳辩。小孩初生不曾尽分毫之孝而父母未必等它尽了孝道之后，方才慢条斯理不慌不忙地去抚育它，便是佳例。所以孝不自生，应慈而起，儒家所谓报本反始，要能这么解释方好。父母无条件的尽其慈是施，子女有条件的尽其孝是报。这个报施实在就是情换情，与一般的人情一点没有什么区别。水之冷热饮者自知，报施相当亦是自然而然，并非锱铢计较一五一十，亲子间真算起什么清账来，这也不可误会。

孝是慈的反应，既有种种不等的慈，自然地会有种种不等的孝，事实如此，没法划一的。一个人对于父母二人所尽的孝道有时候不尽同。这个人的与那个人的孝道亦不必尽同。真实的感情是复杂的，弹性的，千变万化，而虚伪的名分礼教却是一个冰冷铁硬的壳子，把古今中外付之一套。话又说回来，大概前人都把亲子系属看做先天的，所以定制一块方方的蛋糕叫做孝；我们只承认有后天的感情，虽不"非孝"，却坚决地要打倒这二十四孝的讲法。

我的说孝实在未必巧，恐怕看到这里，有人已经在破口大骂，"撕做纸条儿"了。这真觉得歉然。他们或者正在这么想：父母一不喜欢子女，子女马上就有理由来造反，这成个甚么世界！甚么东西！这种"生地蛮旺打儿"的口气也实在可怕。可是等他们怒气稍息以后，我请他们一想，后天的关系为什么如此不结实？先天的关系何以又如此结实？亲之于子有四个时期：结孕，怀胎，哺乳，教育，分别考察。结孕算是恩，不好意思罢。怀胎相因而至，也是没法子的。她或者想保养自己的身体为异日出风头以至于效力国家的地步，未必纯粹为着血胞才谨守胎教。三年乳哺，一部分是生理的，一部分是环境的，较之以前阶段，有较多自由意志的成分了。至离乳以后，以至长大，这时期中，种种的教养，若不杂以功利观念，的确是一种奢侈的明智之表现。这方是建设慈道的主干，而成立子女异日对他们尽孝的条件。这么掐指一算，结孕之恩不如怀胎，怀胎之恩不如哺乳，哺乳之恩不如教育。越是后天的越是重要，越是先天的越是没关系。

慈之重要既如此，而自来只见有教孝的，什么缘由呢？比较说来，慈顺向易，孝逆而难，慈有母爱及庇护种族的倾向做背景——广义的生理关系——而教没有；慈易而孝难。慈是施，对于子的爱怜有感觉的张本，孝是报，对于亲之劬劳，往往凭记忆想像推论使之重现；慈顺而孝逆。所以儒家的报本反始，慎终追远论，决非完全没有意义的。可是立意虽不错，方法未必尽合。儒家的经典《论语》说到慈的地方已比孝少得多，难怪数传以后就从对待的孝变成绝对的孝。地位愈高，标准愈刻，孝子的旌表愈见其多而中间大有《儒林外史》的匡超人在，这总是事实罢。他们都不明白尽慈是教孝的惟一有效的方法，却无条件地教起孝来，其结果是在真小人以外添了许多的伪君子。

慈虽为孝的张本，其本身却有比孝更重大的价值。中国的伦理，只要矫揉造作地装成鞠躬得瘁的孝子，决不想循人性的自然，养成温和明哲的慈亲，这于民族的生存和发展，有相当重大的关系。积弱之因，这未必不是一个。姑且用功利的计算法，社会上添了一个孝子，他自己总是君子留点仪刑于后世，他的父母得到晚年的安享，效用至多如此而已，若社会上添一慈亲，就可以直接充分造就他的子女，他的子女一方面致力于社会，一方面又可以造就他的子女的子女，推之可至无穷。这仍然是上下文地位不同的缘故；慈顺而易，孝逆而难，这是事实，慈较孝有更远大的影响，更重大的意义也是事实。难能未必一定可贵。

能够做梦也不想到"报"而慷慨地先"施"，能够明白尽其在我无求于人是一种趣味的享受，能够有一身做事一身当的气概，做父母的如此存心是谓贤明，自然实际上除掉贤明的态度以外另有方法。我固然寓贤明差得远，小孩子将来要"现眼"，使卫道之君子拍手称快，浮千大白也难说；可是希望读者不以人废言。好话并不以说在坏人嘴里而变坏。我不拥护自己，却要彻底拥护自己的论旨。

但同时不要忘记怎样做个聪明的。儿女成立以后亲之与子，由上下文变成一副对联——平等的并立的关系。从前是负责时期，应当无所不为，现在是卸责时期应当有所不为。干的太过分反而把成绩毁却，正是所谓"蛇固无足，子安能为之足"。

慈道既尽卸责是当然，别无所谓冷淡。儿女们离开家庭到社会上去，已经不是赤子而是独立的人。他们做的事还要我们来负责，不但不必，而且不可能，把太重的担子压在肩头，势必至于自己摔跤而担子砸碎，是谓两伤。从亲方言，儿女长大了，依然无限制无穷尽地去为他们服务，未免太对不起自己。我们虽不曾梦想享受儿孙的福，却也未必乐意受儿孙的累。就子方言，老头子动辄下论旨，发训话，老太太说长道短，也实在有点没趣，即使他们确是孝子，特别是时代转变，从亲之令往往有所不能，果真是孝子反愈加为难了。再退一步，亲方不嫌辛苦，子方不怕唠叨，也总归是无趣的。

看看实际的中国家庭，其情形却特别。教育时期，旧式的委之老师，新派交给学校，似乎都在省心。直到儿女长成以后，老子娘反而操起心来，最习见的，是为儿孙积财，干预他们的恋爱与婚姻，这都是无益于己，或者有损于人的玩意儿，二疏说"贤而多财则损其志，愚而多财则益其过"真真是名言，可是老辈里能懂得而相信这个意思的有几个，至于婚姻向来是以父母之命为成立的条件的，更容易闹成一团糟，这是人人所知的。他们确也有苦衷，大爷太不成，不得不护以金银钞票，大姑娘太傻不会挑选姑爷，老太爷老太太只好亲身出马了。这是事实上的困难，却决不能推翻上述的论旨，反在另一方面去证明它。这完全是在当初负责时期不尽其责的缘故，换言之，昨儿欠了些贤明，今儿想学聪明也不成了，教育完全成功以后，岂有不能涉世，更岂有不会结婚的，所以这困难决不成为必须干涉到底的口实。

聪明人的特性，一是躲懒，一是知趣，聪明的父母亦然。躲懒就是有所不为，说见上。知趣之重要殆不亚于躲懒。何谓知趣？吃亏的不找账，赌输的不捞本，施与的不望报。其理由不妨列举：第一，父母总是老早成立了，暮年得子女的奉侍固可乐，不幸而不得，也正可以有自娱的机会，不责报则无甚要紧。不比慈是小孩子生存之一条件。第二，慈是父母自己的事，没有责报的理由。第三，孝逆而难，责报是不容易的。这两项上边早已说过。第四，以功利混入感情，结果是感情没落，功利失却，造成家庭鄙薄的气象，最为失算。试申说之。

假使慈当做一般的慈爱讲，中国家族，慈亲多于孝子恐怕没有问题的。以这么多的慈亲为什么得不到一般多的孝子呢？他们有的说世道衰微人心不古啦，有的说都是你们这班洪水猛兽干的好事啦，其实都丝毫不得要领。在洪水猛兽们未生以前，很古很老的年头，大概早已如此了，虽没有统计表为证。根本的原因，孝只是一种普通的感情，比起慈来有难易顺逆之异，另外有一助因，就是功利混于感情。父母虽没有绝对不慈的（精神异常是例外），可是有绝对不望报的吗？我很怀疑这分数的成数，直觉上觉得不会得很大。所谓"养儿防老积谷防饥"，明显地表现狭义的功利心。重男轻女也是一旁证，儿子胜于女儿之处，除掉接续香烟以外，大约就数荣宗耀祖了。若以纯粹的恋爱为立场，则对于男女为什么要歧视如此之甚呢？有了儿子，生前小之得奉侍，大之得显扬，身后还得血食，抚养他是很合算的。所持虽不甚狭，所欲亦复甚奢，宜有淳于髡之笑也。他们只知道明中占便宜，却不觉得暗里吃亏。一以功利为心，真的慈爱都被功利的成分所掺杂，由掺杂而仿佛没落了，本来可以唤起相当反应的感情，现在并此不能了。父责望于子太多，只觉子之不孝；子觉得父的责望如此之多，对于慈的意义反而怀疑起来。以功利妨感情，感情受伤而功利亦乌有，这是最可痛心的。虽不能说怎样大错而特错，至少不是聪明的办法呢。

　　聪明的父母，以纯粹不杂功利的感情维系亲子的系属，不失之于薄；以缜密的思考决定什么该管，什么恕不，不失之于厚。在儿女未成立以前最需要的是积极的帮助，在他们成立以后最需要的是消极的不妨碍。他们需要什么，我们就给他们什么，这是聪明，这也是贤明。他们有了健全的人格，能够恰好地应付一切，不见得会特别乖张地应付他们的父母，所以不言孝而孝自在。

　　截搭题已经完了，读者们早已觉得，贤明与聪明区别难分，是二而一的。聪明以贤明为张本，而实在是进一步的贤明。天职既尽，心安理得，在我如此，贤明即聪明也；报施两忘，浑然如一，与人如此，贤明又即聪明也，聪明人就是老实人，顶聪明的人就是顶老实的人，实际上虽不必尽如此，的确应当是如此的。

文学的游离与其独在

俞平伯

环君曾诉说她胸中有许多微细的感触,不能以言词达之为恨。依她的解释,是将归咎于她的不谙习文章上的技工。这或者也是一般人所感到的缺憾吧。但我却引起另一种且又类似的惆怅来。我觉得我常受这种苦闷的压迫,正与她同病啊。再推而广之,恐怕古往今来的"文章巨子"也同在这网罗中挣扎着罢。"书不尽言,言不尽意",实是普遍的,永久的,不可弥补的终古恨事。

再作深一层的观察,这种缺憾的形成殆非出于偶然的凑泊,乃以文学的法相为它的基本因。不然,决不会有普遍永久性的。这不是很自然的设想吗?创作时的心灵,依我的体验,只是迫切的欲念。熟练的技巧与映现在刹那间的"心""构"的角逐,一方面是追捕、一方面是逃逸,结果总是跑了的多。这就是惆怅的因由了。永远是拼命的追。这是文学的游离;永远是追不着,这是文学的独在。

所以说文学是描画外物的,或者是抒写内心的。或者是表现内心所映现出的外物的,都不免有"吹"的嫌疑。他们不曾体会到伴着创作的成功有这种缺憾的存在。他们把文学看成一种无所不能的奇迹。他们看不起刹那间的灵感。他们不相信会有超盲文的微妙感觉。依他们的解释,艺术之宫诚哉是何等的伟大而光荣;可是,我们的宇宙人间世,又何其狭小、粗糙而无聊呢?他们不曾细想啊,这种夸扬正是一种尖刻的侮蔑。最先被侮蔑的是他们自己。

既知道"美景良辰"只可以全心去领略,不能尽量描画的,何以"赏心乐事"就这样轻轻容易的一把抓住呢?又何以在"赏心乐事"里的"良辰美景"更加容易寻找呢?我希望有人给一个圆满的解答。在未得到解答以前，我总信文学的力是有限制的。很有限制的，不论说它是描画外物，或抒写内心，或者在那边表现内心映现中的外物，它这三种机能都不圆满，故它非内心之影，非外物之影，亦非心物交错之影。所仅有的只是薄薄的残影。影的来源虽不外乎"心""物"诸因子的酝酿；只是影子既这么淡薄，差不多可以说影子是它自己的了。文学所投射的影子如此的朦胧。这是所谓游离；影子淡薄到了不类任何原形而几自成一物，这是所谓独在。不朽的杰作往往是一篇天外飞来、未曾写完的残稿，这正是所谓"神来之笔"。

我的话也说得太迷离了，不易得一般的了解。所成就的作品，既与创作时的心境关连得如此的不定而疏远。它又凭什么而存在呢？换句话说，它已是游离着且独在了，岂不是无根之花，无源之水。精华已竭的糟粕呢？若说是的，则文艺之在人间，非但没有伟大的功能，简直是无用的赘疣了。我遭遇这么一个有力的反驳。

其实，打开窗子说亮话，文艺在人间真等于赘疣，我也十分欣然。文艺既非我的私亲，且赘疣为物亦复不恶，算得什么侮辱。若以无用为病，更将令我大笑三日。我将反问他，吃饭睡觉等等又何用呢？可怜人类进步了几千年，而吃饭睡觉等的正当用途至今没有发明。我们的祖宗以及我们，都不因此灰心短气而不吃不睡，又何必对于文艺独发呆气呢。文艺或者有它的该杀该剐之处，但仅仅无用决不能充罪状之一，无论你们如何的深文周纳。

闲话少说。真喽嗦啊！我已说了两遍，文学是独在的，但你们还要寻根究底。它是凭什么存在的，大家试来评一评，若凭了什么而存在，还算得独在吗？真不像句话！若你们要我解释那游离和独在的光景，那倒可以，我愿意详详细细地说。

"游离"不是绝缘的代词；"独在"也只是比况的词饰。如有人说是我说的，文学的创作超乎心物的诸因；我在此声明，我从未说过这类屁话。这正是那人自己说的，我不能替他顶缸。我只说创作的直接因是作者当时的欲念、情绪和技巧；间接因是心物错综着的、启发创作欲的诱惑性外缘。仿佛那么一回事，我为你们作一譬喻。

一个小孩用筷子夹着一块肉骨头远远的逗引着。一条小哈叭狗凭着它固有的食欲，被这欲念压迫后所唤起的热情，和天赋兼习得觅食的技巧，一瞥见那块带诱惑性的肉，直扑过去。这小儿偏偏会耍，把肉拎得高高的，一抖一抖的动着。狗渐人立了，做出种种抓扑跳跃的姿态。结果狗没吃着肉，而大家白看狗耍把戏，笑了一场。故事就此收场。

我们是狗化定了，那小儿正是造化，嬉笑的众宾便是当时的读者社会和我们的后人。你说这把戏有什么用？可是大家的确为着这个开了笑口。替座上的贵客想，好好的吃饭罢，何必去逗引那条狗，那是小儿的好事；但这小儿至少不失为趣人。至于狗呢，不在话下了。它是个被牺牲者，被玩弄者而已。它应当咒诅它的生日，至少亦曳尾不顾而走，才算是条聪明特达的狗。若老是恋恋于那块肉骨头，而串演把戏一套一套的不穷，那真是狗中之下流子了；虽然人们爱它的乖巧，赞它为一条伟大的狗。您想想。狗如有知，要这种荣誉吗？我不信它会要。

所谓文学的游离和独在，也因这譬喻而显明了。肉骨头在小孩子手中抖动，狗跟着跳，那便是游离。狗正因永吃不着肉骨头而尽串把戏，那便是独在。若不幸那小孩偶一失手，肉骨头竟掉到狗嘴里去了，狗是得意极了，聒聒然自去咬嚼；然座上爱看狗戏的群公岂不依然有失呢。换言之，若文学与其实感的竞赛万一告毕，（自然，即万一也是不会有的。）变为合掌的两股，不复有几微不足之感，那就无所谓文学了。我故认游离与独在是文学的真实且主要的法相。

还有一问题，这种光景算不算缺憾呢？我说是。又说不是。读者不要怪我油滑，仍用前例说罢。从狗的立场看。把戏白串了不算，而肉骨头也者终落于渺茫，这是何等的可惜。非缺憾而何？若从观众和小儿的立场看，则正因狗要吃肉而偏吃不着，方始有把戏。狗老吃不着，老有把戏可看，那是何等的有趣。又何用其叹惜呢。我将从您的叹惋与否，而决定您的自待。

以下再让我说几句狗化的话罢，正是自己解嘲的话。所谓文学的游离有两种不同的来源：（一）由于落后——实感太微妙了，把捉不住。这正如以上所说的。（二）由于超前——实感太平凡粗笨了，不值得去把捉。前一个是高攀不上，后一个是不肯俯就。虽有时因文学技工的庸劣，而创作物与实感游离了；却也有时因它的高妙，使创作物超越那实感。在第二意义上，我们或者可以有相当的自喜，虽然这种高兴在实际上免不了"狗化"。

春花秋月，……是诗吗？不是！悲欢离合，是诗吗？不是！诗中所诚不出那些范围，但是仅仅有那些破铜烂铁决不成为一件宝器。它们只是诗料。诗料非诗，明文学的料绝非文学。

我们看了眉月，这么一沉吟，回溯旧踪，那么一颦蹙。是诗吗？不是！见宿树的寒鸦，有寂寞之思，听打窗的夜雨，有凄清之感。是诗吗？不是！这种意境不失为诗魂，但飘渺的游丝，单靠它们却织不成一件"云裳"的。它们只是诗意。诗意非诗，明文学的意境绝非文学。

实在的事例，实在的感触都必经过文学的手腕运用了之后，方可为艺术品。文学的技工何等的重要。实感的美化，在对面着想，恰是文学的游离。我试举三个例。

譬如回忆从前的踪迹，真是重重叠叠，有如辛稼轩所谓"旧恨春江流不尽，新恨云山千叠"似的；但等到写入文章，却就不能包罗万象了，必有取舍。其实所取的未必定可取，所舍的未必必须舍，只是出于没奈何的权宜之计。选择乃文学技工之一，有了它，实感留在文学作品里的，真真寥寥可数。所召集的是代表会议，不是普通选举了。

又如写一桩琐碎或笨重的事，不能无减省或修削之处；若原原本本，一字不易，就成了一本流水账簿，不成为文章。奏了几刀之后，文章是深亮多了，可是原来的样子已若存若亡了。剪裁又是重要的技工。

平平常常的一个人，一桩事据实写来不易动人听闻，必要在它们身上加了些大青大绿方才快心。如宋玉之赋东家子，必要说"增之一分则太长，减之一分则太短"。其实依拙劣的我们想，宋先生贵东邻小姐的身个儿，即使加减了一二分的高矮，似乎亦决不会损害她的标致。然而文章必这么写，方才淋漓尽致，使后人不敢轻易菲薄他的理想美人。这是何等有力的描写。夸饰比如一面显微镜，把肉眼所感都给打发走了；但它也是文章的重要技工。

不必再举别的例证了，您在修辞学上去看，那些用古古怪怪的名词标着的秘诀，哪一个不是在那边无中生有，将小作大的颠倒着。再作一个比方：吃饭的正当形式，只是一口一口的咬嚼而已；然而敝中国的古人有"一献之礼，宾主百拜"的繁文缛节，即贵西洋的今人到餐室里去，亦必端端正正穿起礼服来。我们细想，这是干吗？"丑人多作怪！"但同时就不免有人赞叹着，说它们所表现的是文明，是艺术哩。

各人的地位不同，因而看法不同，因而所见不同；这是不能，且不必强同的。我也不必尽申诉自己的牢骚，惹他人的厌烦。单就文艺而论文艺，技工在创作时之重要初不亚于灵感。文艺和非文艺之区别间，技工正是一重要的属性。我们因此可以明白真的啼笑何以不成为艺术；而啼着笑着的 model，反可以形成真正的艺术品。这并非颠倒而是当然的真实。

我们可以说，一切事情的本体和它们的抄本（确切的影子）皆非文艺；必须它们在创作者的心灵中，酝酿过一番、熔铸过一番之后，而重新透射出来的（朦胧的残影），方才算数。申言之，natural 算不了什么，人间所需要的是 artificial。创造不是无中生有，亦不是抄袭（即所谓写实），只是心灵的一种胶扰，离心力和向心力的角逐。追来追去，不落后，便超前，总走不到一块儿去，这是游离。寻寻觅觅，终于扑个空，孤凄地呆着，那是独在。我们觉得被实感拉下了，不免惆怅；若觉得把实感给拉下了，那便骄矜；实在都沾点滑稽的幻觉，说不出什么正当缘由来。万古常新，千秋不朽的杰作，论它的究竟，亦不过狗抓肉骨头而不得（不足）。人想交合而先相对鞠躬（有余），这一类把戏而已。我们对于它们，固然不屑赞扬，却也不可咒诅。（赞扬和咒诅都是把戏之流，我们何敢尤而效之。）沉默是顶好的道路，我说。——安于被玩弄也是顶好的道路，我又说。

雨 巷

戴望舒

撑着油纸伞,独自
彷徨在悠长、悠长
又寂寥的雨巷,
我希望逢着
一个丁香一样地
结着愁怨的姑娘。
她是有
丁香一样的颜色。
丁香一样的芬芳,
丁香一样的忧愁,
在雨中哀怨,
哀怨又彷徨;
她彷徨在这寂寥的雨巷,
撑着油纸伞
像我一样,
像我一样地
默默彳亍着,
冷漠,凄清,又惆怅。
她静默地走近
走近,又投出
太息一般的眼光,
她飘过

像梦一般地，

像梦一般地凄婉迷茫。

像梦中飘过

一枝丁香地，

我身旁飘过这女郎；

她静默地远了，远了，

到了颓圮的篱墙，

走尽这雨巷。

在雨的哀曲里，

消了她的颜色，

散了她的芬芳，

消散了，甚至她的

太息般的眼光，

丁香般的惆怅。

撑着油纸伞，独自

彷徨在悠长、悠长

又寂寥的雨巷，

我希望飘过

一个丁香一样地，

结着愁怨的姑娘。

送 别

李叔同

长亭外,古道边,芳草碧连天。
晚风拂柳笛声残,夕阳山外山。
天之涯,地之角,知交半零落;
一杯浊酒尽余欢,今宵别梦寒。
长亭外,古道边,芳草碧连天。
晚风拂柳笛声残,夕阳山外山。

断　章

卞之琳

你站在桥上看风景，
看风景人在楼上看你。
明月装饰了你的窗子，
你装饰了别人的梦。

红　烛

闻一多

"蜡炬成灰泪始干"
　　——李商隐

红烛啊！
这样红的烛！
诗人啊
吐出你的心来比比，
可是一般颜色？
红烛啊！
是谁制的蜡——给你躯体？
是谁点的火——点着灵魂？
为何更须烧蜡成灰，
然后才放光出？
一误再误；
矛盾！冲突！
红烛啊！
不误，不误！
原是要"烧"出你的光来——
这正是自然的方法。
红烛啊！
既制了，便烧着！
烧吧！烧吧！

烧破世人的梦,
烧沸世人的血——
也救出他们的灵魂,
也捣破他们的监狱!
红烛啊!
你心火发光之期,
正是泪流开始之日。
红烛啊!
匠人造了你,
原是为烧的。
既已烧着,
又何苦伤心流泪?
哦!我知道了!
是残风来侵你的光芒,
你烧得不稳时,
才着急得流泪!
红烛啊!
流罢!你怎能不流呢?
请将你的脂膏,
不息地流向人间,
培出慰藉的花儿,
结成快乐的果子!
红烛啊!
你流一滴泪,灰一分心。
灰心流泪你的果,
创造光明你的因。
红烛啊!
"莫问收获,但问耕耘。"

五四断想

闻一多

旧的悠悠死去，新的悠悠生出，不慌不忙，一个跟一个，——这是演化。

新的已经来到，旧的还不肯去，新的急了，把旧的挤掉，——这是革命。

挤是发展受到阻碍时必然的现象，而新的必然是发展的，能发展的必然是新的，所以青年永远是革命的，革命永远是青年的。

新的日日壮健着（量的增长），旧的日日衰老着（量的减耗），壮健的挤着衰老的，没有挤不掉。所以革命永远是成功的。

革命成功了，新的变成旧的，又一批新的上来了。旧的停下来拦住去路，说："我是赶过路程来的，我的血汗不能白流，我该歇下来舒服舒服。"新的说："你的舒服就是我的痛苦，你耽误了我的路程，"又把它挤掉，……如此，武戏接二连三的演下去，于是革命似乎永远"尚未成功"。

让曾经新过来的旧的，不要只珍惜自己的过去，多多体念别人的将来，自己腰酸腿痛，拖不动了，就赶紧让。"功成身退"，不正是光荣吗？"后生可畏，焉知来者之不如今也！"这也是古训啊！

其实青年并非永远是革命的，"青年永远是革命的"这定理，只在"老年永远是不肯让路的"这前提下才能成立。

革命也不能永远"尚未成功"。几时旧的知趣了，到时就功成身退，不致阻碍了新的发展，革命便成功了。

旧的悠悠退去，新的悠悠上来，一个跟一个，不慌不忙，那天历史走上了演化的常轨，就不再需要变态的革命了。

但目前，我们还要用"挤"来争取"悠悠"，用革命来争取演化。"悠悠"是目的，"挤"是达到目的的手段。

于是又想到变与乱的问题。变是悠悠的演化，乱是挤来挤去的革命。若要不乱挤，就只得悠悠的变。若是该变而不变，那只有挤得你变了。

子在川上，曰："逝者如斯夫，不舍昼夜！"古训也发挥了变的原理。

就任北京大学校长演说

蔡元培

（一九一七年一月九日）

五年前，严几道先生为本校校长时，余方服务教育部，开学日曾有所贡献于同校。诸君多自预科毕业而来，想必闻知。士别三日，刮目相见，况时阅数载，诸君较昔当必为长足之进步矣。予今长斯校，请更以三事为诸君告。

一曰抱定宗旨。诸君来此求学，必有一定宗旨，欲求宗旨之正大与否，必先知大学之性质。今人肄业专门学校，学成任事，此固势所必然。而在大学则不然，大学者，研究高深学问者也。外人每指摘本校之腐败，以求学于此者，皆有做官发财思想，故毕业预科者，多入法科，入文科者甚少，入理科者尤少，盖以法科为干禄之终南捷径也。因做官心热，对于教员，则不问其学问之浅深，惟问其官阶之大小。官阶大者，特别欢迎，盖为将来毕业有人提携也。现在我国精于政法者，多入政界，专任教授者甚少，故聘请教员，不得不聘请兼职之人，亦属不得已之举。究之外人指摘之当否，姑不具论。然弭谤莫如自修，人讥我腐败，而我不腐败，问心无愧，于我何损？果欲达其做官发财之目的，则北京不少专门学校，入法科者尽可肄业法律学堂，入商科者亦可投考商业学校，又何必来此大学？所以诸君须抱定宗旨，为求学而来。入法科者，非为做官；入商科者，非为致富。宗旨既定，自趋正轨。诸君肄业于此，或三年，或四年，时间不为不多，苟能爱惜分阴，孜孜求学，则其造诣，容有底止。若徒志在做官发财，宗旨既乖，趋向自异。平时则放荡冶游，考试则熟读讲义，不问学问之有无，惟争分数之多寡；试验既终，书籍束之高阁，毫不过问，敷衍三四年，潦草塞责，文凭到手，即可借此活动于社会，岂非与求学初衷大相背驰乎？光阴虚度，学问毫无，是自误也。且辛亥之役，吾人之所以革命，因清廷官吏之腐败。即在今日，吾人对于当轴多不满意，亦以其道德沦丧。今诸君苟不于此时植其基，勤其学，则将来万一因生计所迫，出而任事，担任讲席，则必贻误学生；置身政界，则必贻误国家。是误人也。误己误人，又岂本心所愿乎？故宗旨不可以不正大。此余所希望于诸君者一也。

二曰砥砺德行。方今风俗日偷，道德沦丧，北京社会，尤为恶劣，败德毁行之事，触目皆是，非根基深固，鲜不为流俗所染，诸君肄业大学，当能束身自爱。然国家之兴替，视风俗之厚薄。流俗如此，前途何堪设想。故必有卓绝之士，以身作则，力矫颓俗。诸君为大学学生，地位甚高，肩此重任，责无旁贷，故诸君不惟思所以感己，更必有以励人。苟德之不修，学之不讲，同乎流俗，合乎污世，己且为人轻侮，更何足以感人。然诸君终日伏首案前，芸芸攻苦，毫无娱乐之事，必感身体上之苦痛。为诸君计，莫如以正当之娱乐，易不正当之娱乐，庶于道德无亏，而于身体有益。诸君入分科时，曾填写愿书，遵守本校规则，苟中道而违之，岂非与原始之意相反乎？故品行不可以不谨严。此余所希望于诸君者二也。

三曰敬爱师友。教员之教授，职员之任务，皆以图诸君求学便利，诸君能无动于衷乎？自应以诚相待，敬礼有加。至于同学共处一堂，尤应互相亲爱，庶可收切磋之效。不惟开诚布公，更宜道义相励，盖同处此校，毁誉共之，同学中苟道德有亏，行有不正，为社会所訾詈，己虽规行矩步，亦莫能辩，此所以必互相劝勉也。余在德国，每至店肆购买物品，店主殷勤款待，付价接物，互相称谢，此虽小节，然亦交际所必需，常人如此，况堂堂大学生乎？对于师友之敬爱，此余所希望于诸君者三也。

余到校视事仅数日，校事多未详悉，兹所计划者二事：一曰改良讲义。诸君既研究高深学问，自与中学、高等不同，不惟恃教员讲授，尤赖一己潜修。以后所印讲义，只列纲要，细微末节，以及精旨奥义，或讲师口授，或自行参考，以期学有心得，能裨实用。二曰添购书籍。本校图书馆书籍虽多，新出者甚少，苟不广为购办，必不足供学生之参考。刻拟筹集款项，多购新书，将来典籍满架，自可旁稽博采，无虞缺乏矣。今日所与诸君陈说者只此，以后会晤日长，随时再为商榷可也。

我在北京大学的经历

蔡元培

北京大学的名称,是从民国元年起的;民元以前,名为京师大学堂;包有师范馆、仕学馆等,而译学馆亦为其一部;我在民元前六年,曾任译学馆教员,讲授国文及西洋史,是为我在北大服务之第一次。

民国元年,我长教育部,对于大学有特别注意的几点:一、大学设法商等科的,必设文科;设医农工等科的,必设理科。二、大学应设大学院(即今研究院),为教授、留校的毕业生与高级学生研究的机关。三、暂定国立大学五所,于北京大学外,再筹办大学各一所于南京、汉口、四川、广州等处。(尔时想不到后来各省均有办大学的能力。)四、因各省的高等学堂,本仿日本制,为大学预备科,但程度不齐,于入大学时发生困难,乃废止高等学堂,于大学中设预科。(此点后来为胡适之先生等所非难,因各省既不设高等学堂,就没有一个荟萃较高学者的机关,文化不免落后;但自各省竞设大学后,就不必顾虑了。)

是年,政府任严幼陵君为北京大学校长;两年后,严君辞职,改任马相伯君,不久,马君又辞,改任何锡侯君,不久又辞,乃以工科学长胡次珊君代理。民国五年冬,我在法国,接教育部电,促回国,任北大校长。我回来,初到上海,友人中劝不必就职的颇多,说北大太腐败,进去了,若不能整顿,反于自己的声名有碍,这当然是出于爱我的意思。但也有少数的说,既然知道他腐败,更应进去整顿,就是失败,也算尽了心;这也是爱人以德的说法。我到底服从后说,进北京。

我到京后，先访医专校长汤尔和君，问北大情形。他说："文科预科的情形，可问沈尹默君；理工科的情形，可问夏浮筠君。"汤君又说："文科学长如未定，可请陈仲甫君；陈君现改名独秀，主编《新青年》杂志，确可为青年的指导者。"因取《新青年》十余本示我。我对于陈君，本来有一种不忘的印象，就是我与刘申叔君同在《警钟日报》服务时，刘君语我："有一种在芜湖发行之白话报，发起的若干人，都因困苦及危险而散去了，陈仲甫一个人又支持了好几个月。"现在听汤君的话，又翻阅了《新青年》，决意聘他。从汤君处探知陈君寓在前门外一旅馆，我即往访，与之订定；于是陈君来北大任文科学长，而夏君原任理科学长，沈君亦原任教授，一仍旧贯；乃相与商定整顿北大的办法，次第执行。

我们第一要改革的，是学生的观念。我在译学馆的时候，就知道北京学生的习惯。他们平日对于学问上并没有什么兴会，只要年限满后，可以得到一张毕业文凭。教员是自己不用功的，把第一次的讲义，照样印出来，按期分散给学生，在讲坛上读一遍，学生觉得没有趣味，或瞌睡，或看看杂书，下课时，把讲义带回去，堆在书架上。等到学期、学年或毕业的考试，教员认真的，学生就拼命的连夜阅读讲义，只要把考试对付过去，就永远不再去翻一翻了。要是教员通融一点，学生就先期要求教员告知他要出的题目，至少要求表示一个出题目的范围；教员为避免学生的怀恨与顾全自身的体面起见，往往把题目或范围告知他们了。于是他们不用功的习惯，得了一种保障了。尤其北京大学的学生，是从京师大学堂"老爷"式学生嬗继下来（初办时所收学生，都是京官，所以学生都被称为老爷，而监督及教员都被称为中堂或大人）。他们的目的，不但在毕业，而尤注重在毕业以后的出路。所以专门研究学术的教员，他们不见得欢迎；要是点名时认真一点，考试时严格一点，他们就借个话头反对他，虽罢课也在所不惜。若是一位在政府有地位的人，来兼课，虽时时请假，他们还是欢迎得很；因为毕业后可以有阔老师做靠山。这种科举时代遗留下来的劣根性，是于求学上很有妨碍的。

所以我到校后第一次演说，就说明"大学学生，当以研究学术为天职，不当以大学为升官发财之阶梯"。然而要打破这些习惯，止有从聘请积学而热心的教员着手。

那时候因《新青年》上文学革命的鼓吹，而我们认识留美的胡适之君，他回国后，即请到北大任教授。胡君真是"旧学邃密"而且"新知深沉"的一个人，所以一方面与沈尹默、兼士兄弟，钱玄同，马幼渔，刘半农诸君以新方法整理国故，一方面整理英文系；因胡君之介绍而请到的好教员，颇不少。

我素信学术上的派别，是相对的，不是绝对的；所以每一种学科的教员，即使主张不同，若都是"言之成理、持之有故"的，就让他们并存，令学生有自由选择的余地。最明白的，是胡适之君与钱玄同君等绝对的提倡白话文学，而刘申叔、黄季刚诸君仍极端维护文言的文学；那时候就让他们并存。我信为应用起见，白话文必要盛行，我也常常作白话文，也替白话文鼓吹；然而我也声明：作美术文，用白话也好，用文言也好。例如我们写字，为应用起见，自然要写行楷，若如江艮庭君的用篆隶写药方，当然不可；若是为人写斗方或屏联，作装饰品，即写篆隶章草，有何不可？

那时候各科都有几个外国教员，都是托中国驻外使馆或外国驻华使馆介绍的，学问未必都好，而来校既久，看了中国教员的阑珊，也跟了阑珊起来，我们斟酌了一番，辞退几人，都按著合同上的条件办的，有一法国教员要控告我；有一英国教习竟要求英国驻华公使朱尔典来同我谈判，我不答应。朱尔典出去后，说："蔡元培是不要再做校长的了"，我也一笑置之。

我从前在教育部时，为了各省高等学堂程度不齐，故改为各大学直接的预科；不意北大的预科，因历年校长的放任与预科学长的误会，竟演成独立的状态。那时候预科中受了教会学校的影响，完全偏重英语及体育两方面；其他科学比较的落后；毕业后若直升本科，发生困难。预科中竟自设了一个预科大学的名义，信笺上亦写此等字样。于是不能不加以改革，使预科直接受本科学长的管理，不再设预科学长。预科中主要的教课,均由本科教员兼任。

我没有本校与他校的界限,常为之通盘打算,求其合理化。是时北大设文、理、工、法、商五科,而北洋大学亦有工、法两科;北京又有一工业专门学校,都是国立的。我以为无此重复的必要,主张以北大的工科并入北洋,而北洋之法科,刻期停办。得北洋大学校长同意及教育部核准,把土木工与矿冶工并到北洋去了。把工科省下来的经费,用在理科上。我本来想把法科与法专并成一科,专授法律,但是没有成功。我觉得那时候的商科,毫无设备,仅有一种普通商业学教课,于是并入法科,使已有的学生毕业后停止。

我那时候有一个理想,以为文、理两科,是农、工、医、药、法、商等应用科学的基础,而这些应用科学的研究时期,仍然要归到文理两科来。所以文理两科,必须设各种的研究所;而此两科的教员与毕业生必有若干人是终身在研究所工作,兼任教员,而不愿往别种机关去的。所以完全的大学,当然各科并设,有互相关联的便利。若无此能力,则不妨有一大学专办文理两科,名为本科,而其他应用各科,可办专科的高等学校,如德、法等国的成例。以表示学与术的区别,因为北大的校舍与经费,决没有兼办各种应用科学的可能,所以想把法律分出去,而编为本科大学;然没有达到目的。

那时候我又有一个理想,以为文理是不能分科的。例如文科的哲学,必植基于自然科学;而理科学者最后的假定,亦往往牵涉哲学。从前心理学附入哲学,而现在用实验法,应列入理科;教育学与美学,也渐用实验法,有同一趋势。地理学的人文方面,应属文科,而地质地文等方面属理科。历史学自有史以来,属文科,而推原于地质学的冰期与宇宙生成论,则属于理科。所以把北大的三科界限撤去而列为十四系,废学长,设系主任。

我素来不赞成董仲舒罢黜百家独尊孔氏的主张。清代教育宗旨有"尊孔"一款,已于民元在教育部宣布教育方针时说他不合用了。到北大后,凡是主张文学革命的人,没有不同时主张思想自由的;

因而为外间守旧者所反对。适有赵体孟君以编印明遗老刘应秋先生遗集，贻我一函，属约梁任公、章太炎、林琴南诸君品题；我为分别发函后，林君复函，列举彼对于北大怀疑诸点，我复一函，与他辩；这两函颇可窥见那时候两种不同的见解。

这两函虽仅为文化一方面之攻击与辩护，然北大已成为众矢之的，是无可疑了。越四十余日，而有五四运动。我对于学生运动，素有一种成见，以为学生在学校里面，应以求学为最大目的，不应有何等政治的组织。其有年在二十岁以上，对于政治有特殊兴趣者，可以个人资格参加政治团体，不必牵涉学校。所以民国七年夏间，北京各校学生，曾为外交问题，结队游行，向总统府请愿；当北大学生出发时，我曾力阻他们，他们一定要参与；我因此引咎辞职，经慰留而罢。到八年五月四日，学生又有不签字于巴黎和约与罢免亲日派曹、陆、章的主张，仍以结队游行为表示，我也就不去阻止他们了。他们因愤激的缘故，遂有焚曹汝霖住宅及攒殴章宗祥的事，学生被警厅逮捕者数十人，各校皆有，而北大学生居多数；我与各专门学校的校长向警厅力保，始释放。但被拘的虽已保释，而学生尚抱再接再厉的决心，政府亦且持不做不休的态度。都中宣传政府将明令免我职而以马其昶君任北大校长，我恐若因此增加学生对于政府的纠纷，我个人且将有运动学生保持地位的嫌疑，不可以不速去。乃一面呈政府，引咎辞职，一面秘密出京，时为五月九日。

那时候学生仍每日分队出去演讲，政府逐队逮捕，因人数太多，就把学生都监禁在北大第三院。北京学生受了这样大的压迫，于是引起全国学生的罢课，而且引起各大都会工商界的同情与公愤，将以罢工罢市为同样之要求。政府知势不可侮，乃释放被逮诸生，决定不签和约，罢免曹、陆、章，于是五四运动之目的完全达到了。

五四运动之目的既达，北京各校的秩序均恢复，独北大因校长辞职问题，又起了多少纠纷。政府曾一度任命胡次珊君继任，而为学生所反对，不能到校；各方面都要我复职。我离校时本预定决不回去，不但为校务的困难，实因校务以外，常常有许多不相干的缠绕，度一种劳而无功的生活，所以启事上有"杀君马者道旁儿；民亦劳止，汔可小休；我欲小休矣"等语。但是隔了几个月，校中的纠纷，仍在非我回校，不能解决的状态中，我不得已，乃允回校。回校以前，先发表一文，告北京大学学生及全国学生联合会，告以学生救国，重在专研学术，不可常为救国运动而牺牲（全文见《蔡子民先生言行录》下册337至341页）。到校后，在全体学生欢迎会演说，说明德国大学学长、校长均每年一换，由教授会公举；校长且由神学、医学，法学、哲学四科之教授轮值；从未生过纠纷，完全是教授治校的成绩。北大此后亦当组成健全的教授会，使学校决不因校长一人的去留而起恐慌（全文见《言行录》341至344页）。

那时候蒋梦麟君已允来北大共事，请他通盘计划，设立教务总务两处；及聘任财务等委员会，均以教授为委员。请蒋君任总务长，而顾孟余君任教务长。

北大关于文学哲学等学系，本来有若干基本教员，自从胡适之君到校后，声应气求，又引进了多数的同志，所以兴会较高一点。预定的自然科学、社会科学、文学、国学四种研究所，只有国学研究所先办起来了。在自然科学与社会科学方面，比较的困难一点。自民国九年起，自然科学诸系，请到了丁巽甫、颜任光、李润章诸君主持物理系，李仲揆君主持地质系；在化学系本有王抚五、陈聘丞、丁庶为诸君，而这时候又增聘程寰西、石蘅青诸君。在生物学系本已有钟宪鬯君在东南西南各省搜罗动植物标本，有李石曾君讲授学理，而这时候又增聘谭仲逵君。于是整理各系的实验室与图书室，使学生在教员指导之下，切实用功；改造第二院礼堂与庭园，使合于讲演之用。在社会科学方面，请到王雪艇、周鲠生、皮皓白诸君；一面诚意指导提起学生好学的精神，一面广购图书杂志，给学生以自由考索的工具。丁巽甫君以物理学教授兼预科主任，提高预科程度。于是北大始达到各系平均发展的境界。

我是素来主张男女平等的，九年，有女学生要求进校，以考期已过，姑录为旁听生。及暑假招考，就正式招收女生。有人问我：

"兼收女生是新法,为什么不先请教育部核准?"我说:"教育部的大学令,并没有专收男生的规定;从前女生不来要求,所以没有女生;现在女生来要求,而程度又够得上,大学就没有拒绝的理。"这是男女同校的开始,后来各大学都兼收女生了。

我是佩服章实斋先生的,那时候国史馆附设在北大,我定了一个计划,分征集、纂辑两股;纂辑股又分通史,民国史两类;均从长编入手。并编历史辞典。聘屠敬山、张蔚西、薛阆仙、童亦韩、徐贻孙诸君分任征集编纂等务。后来政府忽又有国史馆独立一案,别行组织。于是张君所编的民国史,薛、童、徐诸君所编的辞典,均因篇帙无多,视同废纸;止有屠君在馆中仍编他的蒙兀儿史,躬自保存,没有散失。

我本来很注意于美育的,北大有美学及美术史教课,除中国美术史由叶浩吾君讲授外,没有人肯讲美学,十年,我讲了十余次,因足疾进医院停止。至于美育的设备,曾设书法研究会,请沈尹默、马叔平诸君主持。设画书研究会,请贺履之、汤定之诸君教授国画;比国楷次君教授油画。设音乐研究会,请萧友梅君主持。均听学生自由选习。

我在爱国学社时,曾断发而习兵操,对于北大学生之愿受军事训练的,常特别助成;曾集这些学生,编成学生军,聘白雄远君任教练之责,亦请蒋百里、黄膺白诸君到场演讲。白君勤恳而有恒,历十年如一日,实为难得的军人。

我在九年的冬季,曾往欧美考察高等教育状况,历一年回来。这期间的校长任务,是由总务长蒋君代理的。回国以后,看北京政府的情形,日坏一日,我处在与政府常有接触的地位,日想脱离。十一年冬,财政总长罗钧任君忽以金佛郎问题被逮,释放后,又因教育总长彭允彝君提议,重复收禁。我对于彭君此举,在公议上,认为是蹂躏人权献媚军阀的勾当;在私情上,罗君是我在北大的同事,而且于考察教育时为最密切的同伴,他的操守,为我所深信,我不免大抱不平。与汤尔和、邵飘萍,蒋梦麟诸君会商,均认有表示的必要。我于是一面递辞呈,一面离京。隔了几个月,贿选总统的布置,渐渐的实现;而要求我回校的代表,还是不绝,我遂于十二年七月间重往欧洲,表示决心;至十五年,始回国。那时候,京津间适有战争,不能回校一看。十六年,国民政府成立,我在大学院,试行大学区制,以北大划入北平大学区范围,于是我的北京大学校长的名义,始得取销。

综计我居北京大学校长的名义,十年有半;而实际在校办事,不过五年有半,一经回忆,不胜惭悚。

我生命中的五四

钟敬文

"五四"是中国的一个超级民族节日。她的意义是多方面的,既有其重大的政治意义,也有深远的学术意义。像这样意义的节日在我国历史上可能是很少的,或者说是惟一的。

五四运动发生于1919年。那一年,我17岁(按照中国旧历虚岁的算法),是一个已经略知一些世事的青年了;在知识上,也开始有了一些积累。我在7岁左右的时候进私塾读书。那时还是晚清,家乡附近没有现在所说的学校,大城市有了,但我们乡下还没有,所以只能入这种旧式学堂。这是一家客家人创办的私塾,老师也是从邻县请来的一位讲客家话的生员。因为据说我们的祖先是从外地迁来的,祖宗是讲客家话的,我父亲大概是为了让我不忘祖先的缘故,就让我读讲客家话的私塾。我先学了《三字经》、《论语》,后来好像又学了《幼学琼林》之类专讲骈偶对句的启蒙书,只教诵读,不讲意思,所以我那时对读书并不感兴趣,学习态度是被动的。有时老师还打人,连像我这样很老实的学生也被恫吓过,结果弄得我对读书的事,心里很怕。

辛亥革命后的第二年,1912年,我们那个镇子破天荒地开办了第一所完全小学,当时叫"两级小学",实行初小与高小双部学制。它看上去挺新,实际上还是半新半旧的。学校里并没有新式的教学设备,师资也还是原来的生员班底,不过是受过短期的师范培训,比如读了几个月、半年的师范专科,就又取得了新的教书资格。在功课上,开设了国文、算术、格致、体操、图画等。在作文训练上,起初做一些简单的题目,如《读书论》;稍后做史论文章,较为复杂一点了，像谈汉高祖治世的《刘（邦）项（羽）优劣论》等；策论没做过。到了高小时，老师又增加了经史典籍方面的功课，如读《左传》、《纲鉴发凡》等，让学生懂得了一些知古鉴今的道理。除此而外，虽然不是开课，但在老师和高年级的同学当中，还兴起一股风气，就是作旧诗，我也被卷了进去，并且很感兴趣。我后来一辈子写诗兼搞诗学，算是在这时启蒙了。当时读的书有《唐诗三百首》和《随园诗话》等。这些书，在今天看，也是好书。这对我个人来说，可能是更重要的一部分小学教育。那时我也读了一些文言小说，像有一部叫《余之妻》，当时很有名，作者叫徐枕亚；是礼拜六派的作家。至于白话小说，那时还见不到。总之，我的童年和少年时代就是在这样陈旧的、半新半旧的教育制度下度过的。

五四运动，像一声惊雷，把我们从沉梦中唤醒。她使我们这些本来不大懂得国家、民族大事的少年和青年学生，组织起来，上街游行、讲演，去各商店查禁日货，到神庙前的戏台上表演宣传爱国精神的活报剧……这些活动的想法和内容都是很单纯的，但这一来，却使我对国家、社会有了一种实体的感受。过去，我在学校里做《爱国论》，都是空的；到了这时，有了自己的实践，就把原来抽象的东西，变成了实在的信念。这种初步的社会实践，还成为我后来进一步为国家、社会做工作的萌芽、基础。

五四运动对我更大的启导作用是在学艺方面。像大家都知道的，在"五四"的前两年，即1917年，新文学运动已经在知识界开始了，而五四运动的巨大力量则把它在全社会范围内推动起来，并把它的革命影响扩大到社会科学和人文科学的各个领域。在那个特定的时代气氛下，它这只文学之舟，成了一艘驶向纵深的历史海洋的"母舰"，承载了许多新学术的运送使命。它们后来又同它脱离开来，成了其他的现代新学科。在这些现代学科群中，就包括了我后来所终生从事的民俗学（包括民间文艺学）。

我接触新文学运动是在1921年前后，即五四运动爆发后的一两年。当时国内各地的报刊大都改成了白话文，所刊载的作品也大都是白话创作。使用文言的或半文半白文体的报刊，虽然尚未绝迹，但到底不是主流了。这些刊物影响了我，使我抛弃了读古文、作旧诗的习惯，开始改而从事新文艺的创作。我开始学作白话的新诗、小品文和散文，不久，还与别的两位同学联合，出了一本新诗集，叫《三朵花》（自印，1923年左右）。现在另外两人都不在世了，其中的一位在大革命时期成了烈士，另一位在抗战中病逝。"五四"后的三四年，我还和同窗好友办过一个刊物，起名《狂飙》。那时我热血沸腾地创作新诗和写散文，在后来出版的《荔枝小品》（1927，北新书局）和《海滨的二月》（1929，北新书局）中，都收入了我在这一时期创作的一些作品。

　　我的学艺活动的更重要方面是对人民大众口传的民间文学作品加以收集整理和进行初步理论探索的工作。我的搜集活动是从参与北京大学的歌谣学运动开始的。自北大歌谣征集会在《北大日刊》上印行了《歌谣选》之后，全国各地报刊纷纷效仿，也大都登载了歌谣、故事之类的作品，比如广东的《群报》、上海的《妇女月刊》和我们家乡的《陆安日报》等。到了1922年底，我就跟着这个潮流活动，在我们乡下搜集歌谣故事，所得作品的一部分，后来发表在北大的《歌谣》周刊等刊物上。那时的这种搜集口头文学的工作，不像以后那种有组织的、有计划的调查，而是个人的、自发的活动，主要是在家族亲戚、同学和朋友中间搜集。我搜集到了一些普通的流行民歌，也有客家人的山歌等。这些材料以后在不同时期分别印成了《民间趣事》（1926，北新书局）、《客音情歌集》（1927，北新书局）等。那一时期，我还在《歌谣》周刊上发表了《歌谣杂谈》一类的文章，在对民间文学的理论探索方面，也做了些尝试。

　　在早期的新民间文学运动史上，我参与《歌谣》周刊的学术活动曾引起了社会的注意。经常有些年轻学者问我，胡适在他的《白话文学史》自序中写过一段话："自从北京大学歌谣研究会发起搜集歌谣以来，出版的歌谣至少在一万首以上。在这一方面，常惠、白启明、钟敬文、顾颉刚、董作宾……诸先生的努力最不可磨灭"，对此话我怎么看？胡适在五四时是否认识我？其实这段话我也是事后才知道的。有一天，一个同乡在街上看见我，说"你现在大名鼎鼎了，胡先生的书里都讲到你了"，他还说了别的一些你老兄如何如何之类的夸奖的话，我这才第一次从他口里听说此事。后来我自己也买到了这本书，才看见了这段原文。我始终没和胡适见过面，也从无个人之间的来往。他在五四时已经名气很大，是新文学革命运动的发起人；我则还是一个学术青年，在热心地追随着这个伟大的文化运动。我想，胡适先生之所以能够注意到我，是因为我那时是《歌谣》周刊"圈"里的活跃分子，他可能是在看《歌谣》周刊时，发现了里面的几个重要作者，包括我，他认为值得一书，就把这几个人写进了他那本有名的《白话文学史》，还把我的名字写得很靠前。这主要表现了他的中国学者气派，他是完全从实际材料出发来得出他的结论的。他那时很关心歌谣，还从文学角度写过一篇著名的研究歌谣比较理论的文章，在当时很有权威性。董作宾撰写研究民歌《看见她》的论文，就受了他的启发。他那本《白话文学史》，在那时候大家都非看不可，解放后的一段时期还很流行；那么以他这样的学者这样对待当时我这样的一个年轻人，这对我认识"五四"和后来走上研究民间文学的学术道路，肯定是有影响的。

在参加《歌谣》周刊的活动期间，我与北大学者直接发生民俗学的学术往来，并长期保持这种学术关系的，主要是顾颉刚先生。顾先生出身江南苏州的世代书香之家，后来又考进北大读书，学养深厚。在"五四"时期，他年纪还轻，但学问造诣已经很深了，我很钦佩他。1923年，他在整理清代文献时，发现了李调元的《粤风》，就在《歌谣》周刊上写了文章。我看到后，知道《粤风》汇集了两广一带的多民族民歌土调，那里正是我的家乡，于是我追随顾先生之后，也给《歌谣》周刊写了文章。以后，我们就通过《歌谣》周刊往来通信，谈到了《粤风》，也谈了其他一些民间文学作品，如对《孟姜女》传说的看法等。顾先生不久写了《孟姜女故事研究》。1926年夏，我到了岭南大学，在图书馆里找到了《粤风》，就和刘乾初一道，对它进行了翻译整理，后来分作两部分出版，一部分叫《俍僮情歌》(1928年，中山大学语言历史学研究所印行)，另一部分就是整理本《粤风》(1927，北京朴社)。这项工作，一直得到了顾先生的鼓励。顾先生热心提携后学，积极地推广学术，造就人才，他对我的影响在我一生的学术活动中都占有相当的位置。

　　从"五四"开始，我这种对民间文学的兴趣，后来发展到了对整个民俗现象的兴趣，并一直延续下来。到了1927年，我到中山大学工作时，探索民俗学的兴趣愈加浓厚了。那时顾先生等一批北大教授由于躲避北京政府的黑暗统治，南下厦门，又来到广州，到中山大学教书，这时我们才初次相遇，但因为有了前几年在《歌谣》上通信的铺垫，我们一见面就成了老熟人。当年底，我参与了同顾先生等一道筹办中大民俗学会的工作，后来又一起编辑了《民俗》周刊，出版了民俗学丛书等。这些活动以后都延续下去了。

　　后来，民俗学的学术发展了，我个人又有了许多新的经历，比如又到了杭州；到了日本留学；解放后又参与建立了民间文学和民俗学两个方面的学会等等。这些当然都是学问上的进一步发展，一直到现在，已经80年了。这个就不去细讲了。

　　但回头来看，中国民间文艺学和民俗学两个现代学科建立和发展的根源还是在"五四"时期。假如当时没有五四运动的这些文化上的影响，我在学艺上，就不一定走上这条路，而且不一定能坚持下来。现在饮水思源，应该感谢"五四"对我的启迪作用。她是我所终生不能忘怀的学艺上的乳母，兹以联语铭之：

　　　　一阵雷霆，惊起国民御侮救亡意识，
　　　　八旬岁月，难忘师傅启蒙发聩恩情。

《新青年》宣言

陈独秀

本志具体的主张,从来未曾完全发表。社员各人持论,也往往不能尽同。读者诸君或不免怀疑,社会上颇因此发生误会。现当第七卷开始,敢将全体社员的共同意见,明白宣布。就是后来加入的社员,也共同担负此次宣言的责任。但"读者言论"一栏,乃为容纳社外异议而设,不在此例。

我们相信世界上的军国主义和金力主义,已经造了无穷罪恶,现在是应该抛弃了。

我们相信世界各国政治上、道德上、经济上因袭的旧观念中,有许多阻碍进化而且不合情理的部分。我们想求社会进化,不得不打破"天经地义"、"自古如斯"的成见;决计一面抛弃此等旧观念,一面综合前代贤哲当代贤哲和我们自己所想的,创造政治上、道德上、经济上的新观念,树立新时代的精神,适应新社会的环境。

我们理想的新时代新社会,是诚实的、进步的、积极的、自由的、平等的、创造的、美的、善的、和平的、相爱互助的、劳动而愉快的、全社会幸福的。希望那虚伪的、保守的、消极的、束缚的、阶级的、因袭的、丑的、恶的、战争的、轧轹不安的、懒惰而烦闷的、少数幸福的现象,渐渐减少,至于消灭。

我们新社会的新青年,当然尊重劳动;但应该随个人的才能兴趣,把劳动放在自由愉快艺术美化的地位,不应该把一件神圣的东西当作维持衣食的条件。

我们相信人类道德的进步,应该扩张到本能(即侵略性及占有心)以上的生活;所以对于世界上各种民族,都应该表示友爱互助的情谊。但是对于侵略主义、占有主义的军阀、财阀，不得不以敌意招待。

我们主张的是民众运动社会改造，和过去及现在各摄政党，绝对断绝关系。

我们虽不迷信政治万能，但承认政治是一种重要的公共生活；而且相信真的民主政治，必会把政权分配到人民全体，就是有限制，也是拿有无职业做标准，不拿有无财产做标准；这种政治，确是造成新时代一种必经的过程，发展新社会一种有用的工具。至于政党，我们也承认他是运用政治应有的方法；但对于一切拥护少数人私利或一阶级利益，眼中没有全社会幸福的政党，永远不忍加入。

我们相信政治、道德、科学、艺术、宗教、教育，都应该以现在及将来社会生活进步的实际需要为中心。

我们因为要创造新时代新社会生活进步所需要的文学道德，便不得不抛弃因袭的文学道德中不适用的部分。

我们相信尊重自然科学实验哲学，破除迷信妄想，是我们现在社会进化的必要条件。

我们相信尊重女子的人格和权利，已经是现在社会生活进步的实际需要；并且希望他们个人自己对于社会责任有彻底的觉悟。

我们因为要实验我们的主张，森严我们的壁垒，宁欢迎有意识有信仰的反对，不欢迎无意识无信仰的随声附和。但反对的方面没有充分理由说服我们以前，我们理当大胆宣传我们的主张，出于决断的态度；不取乡愿的、紊乱是非的、助长惰性的、阻碍进化的、没有自己立脚地的调和论调；不取虚无的、不着边际的、没有信仰的、没有主张的、超实际的、无结果的绝对怀疑主义。

人生的真义

陈独秀

人生在世，究竟为的甚么？究竟应该怎样？这两句话实在难得回答的很，我们若是不能回答这两句话，糊糊涂涂过了一生，岂不是太无意识吗？自古以来，说明这个道理的人也算不少，大概约有数种：第一是宗教家，像那佛教家说：世界本来是个幻象，人生本来无生；"真如"本性为"无明"所迷，才现出一切生灭幻象；一旦"无明"灭，一切生灭幻象都没有了，还有甚么世界，还有甚么人生呢？又像那耶稣教说：人类本是上帝用土造成的，死后仍旧变为泥土；那生在世上信从上帝的，灵魂升天；不信上帝的，便魂归地狱，永无超生的希望。第二是哲学家，像那孔、孟一流人物，专以正心、修身、齐家、治国、平天下，做一大道德家、大政治家，为人生最大的目的。又像那老、庄的意见，以为万事万物都应当顺应自然；人生知足，便可常乐，万万不可强求。又像那墨翟主张牺牲自己，利益他人为人生义务。又像那杨朱主张尊重自己的意志，不必对他人讲甚么道德。又像那德国人尼采也是主张尊重个人的意志，发挥个人的天才，成功一个大艺术家、大事业家、叫做寻常人以上的"超人"，才算是人生目的；甚么仁义道德，都是骗人的说话。第三是科学家。科学家说人类也是自然界一种物质，没有甚么灵魂；生存的时候，一切苦乐善恶，都为物质界自然法则所支配；死后物质分散，另变一种作用，没有联续的记忆和知觉。

这些人所说的道理，各个不同。人生在世，究竟为的甚么，应该怎样呢？我想佛教家所说的话，未免太迂阔。个人的生灭，虽然是幻象，世界人生之全体，能说不是真实存在吗？人生"真如"性中，何以忽然有"无明"呢？既然有了"无明"，众生的"无明"，何以忽然都能灭尽呢？"无明"既然不灭，一切生灭现象，何以能免呢？一切生灭现象既不能免，吾人人生在世，便要想想究竟为的甚么，应该怎样才是。耶教所说，更是凭空捏造，不能证实的了。上帝能造人类，上帝是何物所造呢？上帝有无，既不能证实；那耶教的人生观，便完全不足相信了。孔、孟所说的正心、修身、齐家、治国、平天下，只算是人生一种行为和事业，不能包括人生全体的真义。吾人若是专门牺牲自己，利益他人，乃是为他人而生，不是为自己而生，决非个人生存的根本理由，墨子的思想，也未免太偏了。杨朱和尼采的主张，虽然说破了人生的真相，但照此极端做去，这组织复杂的文明社会，又如何行得过去呢？人生一世，安命知足，事事听其自然，不去强求，自然是快活得很。但是这种快活的幸福，高等动物反不如下等动物，文明社会反不如野蛮社会；我们中国人受了老、庄的教训，所以退化到这等地步。科学家说人死没有灵魂，生时一切苦乐善恶，都为物质界自然法则所支配，这几句话倒难以驳他。但是我们个人虽是必死的，全民族是不容易死的，全人类更是不容易死的了。全民族全人类所创的文明事业，留在世界上，写在历史上，传到后代，这不是我们死后联续的记忆和知觉吗？

照这样看起来，我们现在时代的人所见人生真义，可以明白了。今略举如下：

（一）人生在世，个人是生灭无常的，社会是真实存在的。

（二）社会的文明幸福，是个人造成的，也是个人应该享受的。

（三）社会是个人集成的，除去个人，便没有社会；所以个人的意志和快乐，是应该尊重的。

（四）社会是个人的总寿命，社会解散，个人死后便没有联续的记忆和知觉；所以社会的组织和秩序，是应该尊重的。

（五）执行意志，满足欲望（自食色以至道德的名誉，都是欲望），是个人生存的根本理由，始终不变的（此处可以说"天不变，道亦不变"）。

（六）一切宗教、法律、道德、政治，不过是维持社会不得已的方法，非个人所以乐生的原意，可以随着时势变更的。

（七）人生幸福，是人生自身出力造成的，非是上帝所赐，也不是听其自然所能成就的。若是上帝所赐，何以厚于今人而薄于古人？若是听其自然所能成就，何以世界各民族的幸福不能够一样呢？

（八）个人之在社会，好像细胞之在人身，生灭无常，新陈代谢，本是理所当然，丝毫不足恐怖。

（九）要享幸福，莫怕痛苦。现在个人的痛苦，有时可以造成未来个人的幸福。譬如有主义的战争所流的血，往往洗去人类或民族的污点。极大的瘟疫，往往促成科学的发达。

总而言之，人生在世，究竟为的甚么？究竟应该怎样？我敢说道："个人生存的时候，当努力造成幸福，享受幸福；并且留在社会上，后来的个人也能够享受。递相授受，以至无穷。"

个人自由与社会进步

胡 适

五月五日《大公报》的《星期论文》是张熙若先生的《国民人格之修养》。这篇文字也是纪念"五四"的，我读了很受感动，所以转载在这一期。我读了张先生的文章，也有一些感想，写在这里作今年五四纪念的尾声。

这年头是"五四运动"最不时髦的年头。前天五四，除了北京大学依惯例还承认这个北大纪念日之外，全国的人都不注意这个日子了。张熙若先生"雪中送炭"的文章使人颇吃一惊。他是政治哲学的教授，说话不离本行，他指出五四运动的意义是思想解放，思想解放使得个人解放，个人解放产出的政治哲学是所谓个人主义的政治哲学。他充分承认个人主义在理论上和事实上都有缺点和流弊，尤其在经济方面。但他指出个人主义自有它的优点：最基本的是它承认个人是一切社会组织的来源。他又指出个人主义的政治理论的神髓是承认个人的思想自由和言论自由。他说，个人主义在理论上及事实上都有许多缺陷流弊，但以个人的良心为判断政治上是非之最终标准，却毫无疑义是它的最大优点，是它的最高价值。……至少，它还有养成忠诚勇敢的人格的用处。此种人格在任何政制下（除过与此种人格根本冲突的政制）都是有无上价值的，都应该大量的培养的……今日若能多多培养此种人才，国事不怕没有人担负。救国是一种伟大的事业，伟大的事业惟有伟大人格者才能胜任。

张先生的这段议论，我大致赞同。他把"五四运动"一个名词包括"五四"（民国八年）前后的新思潮运动，所以他的文章里有"民国六七年的五四运动"一句话。这是五四运动的广义，我们也不妨沿用这个广义的说法。张先生所谓"个人主义",其实就是"自由主义"(Liberalism)。我们在民国八九年之间,就感觉到当时的"新思潮""新文化""新生活"有仔细说明意义的必要。无疑的,民国六七年北京大学所提倡的新运动,无论形式上如何五花八门,意义上只是思想的解放与个人的解放。蔡元培先生在民国元年就提出"循思想自由言论自由之公例,不以一流派之哲学一宗门之教义梏其心"的原则了。他后来办北京大学,主张思想自由,学术独立,百家平等。在北京大学,辜鸿铭、刘师培、黄侃、陈独秀和钱玄同等同时教书讲学。别人颇以为奇怪,蔡先生只说:"此思想自由之通则,而大学之所以为大也。"(《言行录》229页)这样的百家平等,最可以引起青年人的思想解放。我们在当时提倡的思想,当然很显出个人主义的色彩。但我们当时曾引杜威先生的话,指出个人主义有两种:

(1) 假的个人主义就是为我主义(Egoism),他的性质是只顾自己的利益,不管群众的利益。

(2) 真的个人主义就是个性主义(Individuality),他的特性有两种:一是独立思想,不肯把别人的耳朵当耳朵,不肯把别人的眼睛当眼睛,不肯把别人的脑力当自己的脑力。二是个人对于自己思想信仰的结果要负完全责任,不怕权威,不怕监禁杀身,只认得真理,不认得个人的利害。

这后一种就是我们当时提倡的"健全的个人主义"。我们当日介绍易卜生的思想最可以代表那种健全的个人主义。这种思想有两个中心见解:第一是充分发展个人的才能,就是易卜生说:"你要想有益于社会,最好的法子莫如把你自己这块材料铸造成器。"第二是要造成自由独立的人格,像易卜生的《国民公敌》戏剧里的斯铎曼医生那样"贫贱不能移,富贵不能淫,威武不能屈"。这就是张熙若先生说的"养成忠诚勇敢的人格"。

近几年来,五四运动颇受一班论者的批评,也正是为了这种个人主义的人生观。平心说来,这种批评是不公道的,是根据于一种误解的。他们说个人主义的人生观是资本主义社会的人生观。这是滥用名词的大笑话。难道在社会主义的国家里就可以不用充分发展个人的才能了吗?难道社会主义的国家里就用不着有独立自由思想的个人了吗?难道当时辛苦奋斗创立社会主义共产主义的志士仁人都是资本主义社会的奴才吗?我们试看苏俄现在怎样用种种方法来提倡个人的努力(参看独立第129号西滢的《苏俄的青年》,和蒋廷黻的《苏俄的英雄》),就可以明白这种人生观不是资本主义社会所独有的了。

还有一些人嘲笑这种个人主义,笑它是十九世纪维多利亚时代的过时思想。这种人根本就不懂得维多利亚时代是多么光华灿烂的一个伟大时代。马克思、恩格斯都生死在这个时代里,都是这个时代的自由思想独立精神的产儿。他们都是终身为自由奋斗的人。我们去维多利亚时代还老远哩。我们如何配嘲笑维多利亚时代呢!

所以我完全赞同张熙若先生说的"这种忠诚勇敢的人格在任何政治下都是有无上价值的,都应该大量的培养的"。因为这种人格是社会进步的最大动力。欧洲十八九世纪的个人主义造出了无数爱自由过于面包,爱真理过于生命的特立独行之士,方才有今日的文明世界。我们现在看见苏俄的压迫个人自由思想,但我们应该想想,当日在西伯利亚冰天雪地里受监禁拘囚的十万革命志士,是不是新俄国的先锋?我们到莫斯科去看了那个很感动人的"革命博物馆",尤其是其中展览列宁一生革命历史的部分,我们不能不深信:一个新社会、新国家,总是一些爱自由爱真理的人造成的,决不是一班奴才造成的。

张熙若先生很大胆的把五四运动和民国十五六年的国民革命运动相提并论,并且很大胆的说这两个运动走的方向是相同的。这种议论在今日必定要受不少的批评,因为有许多人决不肯承认这个看法。平心说来,张先生的看法也不能说是完全正确。民国十五六年的国民革命运动至少有两点是和民国六七八年的新运动不同的:一是苏俄输入的党纪律,一是那几年的极端的民族主义。

苏俄输入的铁纪律含有绝大的"不容忍"（Intoleration）的态度，不容许异己的思想，这种态度是和我们在五四前后提倡的自由主义很相反的。民国十六年的国共分离，在历史上看来，可以说是国民党对于这种不容异己的专制态度的反抗。可惜清党以来，六七年中，这种"不容忍"的态度养成的专制习惯还存在不少人的身上。刚推翻了布尔什维克的不容异己，又学会了法西斯蒂的不容异己，这是很不幸的事。

"五四"运动虽然是一个很纯粹的爱国运动，但当时的文艺思想运动却不是狭义的民族主义运动。蔡元培先生的教育主张是显然带有"世界观"的色彩的。（《言行录》197页）《新青年》的同人也都很严厉的批评指斥中国旧文化。其实孙中山先生也是抱着大同主义的，他是信仰"天下为公"的理想的。但中山先生晚年屡次说起鲍洛庭同志劝他特别注重民族主义的策略。十四年到十六年的国民革命的大胜利，不能不说是民族主义的旗帜的大成功。可是民族主义有三个方面：最浅的是排外，其次是拥护本国固有的文化，最高又最艰难的是努力建立一个民族的国家。因为最后一步是最艰难的，所以一切民族主义运动往往最容易先走上前面的两步。济南惨案以后，九一八以后，极端的叫嚣的排外主义稍稍减低了，然而拥护旧文化的喊声又四面八方的热闹起来了。这里面容易包藏守旧开倒车的趋势，所以也是很不幸的。

在这两点上，我们可以说，民国十五六年的国民革命运动是不完全和五四运动同一方向的。但就大体上说，张熙若先生的看法也有不小的正确性。孙中山先生是受了很深的安格鲁撒克逊民族的自由主义的影响的，他无疑的是民治主义的信徒，又是大同主义的信徒。他一生奋斗的历史都可以证明他是一个爱自由，爱独立的理想主义者。我们看他在民国九年一月《与海外同志书》（引见上期《独立》）里那样赞扬五四运动，那样承认"思想之转变"为革命成功的条件，我们更看他在民国十三年改组国民党时那样容纳异己思想的宽大精神，——我们不能不承认，至少孙中山先生相信"革命之成功必有赖于思想之转变",所以他能承认五四运动前后的"新文化运动实为最有价值的事"。思想的转变是在思想自由言论自由的条件之下个人不断的努力的产儿。个人没有自由,思想又何从转变,社会又何从进步,革命又何从成功呢?

青年烦闷的解救

宗白华

△唯美的眼光
△研究的态度
△积极的工作

现在中国有许多的青年，实处于一种很可注意的状态，就是对于旧学术、旧思想、旧信条都已失去了信仰，而新学术、新思想、新信条还没有获着，心界中突然产生了一种空虚，思想情绪没有着落，行为举措没有标准，搔首踯躅，不知怎么才好，这就是普通所谓"青年的烦闷"。

这种青年烦闷的状态，以及由此状态产生的现象，如一方面对于一切怀疑，力求破坏。他方面，又对于一切武断，急求建设。思想没有定着，感情易于摇动，以及自杀逃走等等的事实，这本是向来"黎明运动"所常附带的现象，将来自然会趋于稳健创建的一途，为中国文化开一新纪元，就着过去历史上看来，本是很可喜的现象。但是，我们自己既遇着这种时期，陷入这种状态，就不得不自谋解救的方法，以求早入稳健创造的境地。

这解救的方法，本也不少。譬如建立新人生观、新信条等类。但这都不嫌纡远了一点。须有科学哲学的精神研究，不是一时可以普遍的。我们现在须要筹出几种"具体的方法"，将这方法传播给烦闷的青年，待他们自己应用这种方法去解救他们的苦闷。我现在本着我一时的观察，想了几条方法，写出来引动大众的讨论，希望还得着更周密完备的计划，以解决这青年烦闷的问题，则中国解放运动的前途，可以免了许多的危险和牺牲了。

(一) 唯美的眼光

唯美的眼光，就是我们把世界上社会上各种现象，无论美的，丑的，可恶的，龌龊的，伟丽的自然生活，以及鄙俗的社会生活，都把他当作一种艺术品看待——艺术品中本有表写丑恶的现象的——因为我们观览一个艺术品的时候，小己的哀乐烦闷都已停止了，心中就得着一种安慰，一种宁静，一种精神界的愉乐。我们若把社会上可恶的事件当作一个艺术品观，我们的厌恶心就淡了。我们对于一种烦闷的事件作艺术的观察，我们的烦闷也就消了。所以，古时悲观的哲学家，就把人世，看做一半是"悲剧"，一半是"滑稽剧"，这虽是他悲观的人生观，但也正是他的艺术的眼光，为他自己解嘲。但我们却不必做这种消极的、悲观的人生观。我们要持纯粹的唯美主义，在一切丑的现象中看出他的美来，在一切无秩序的现象中看出他的秩序来，以减少我们厌恶烦恼的心思，排遣我们烦闷无聊的生活。

这还是消极的一方面说。积极的方面，也还有许多的好处：

(A) 我们常时作艺术的观察，又常同艺术接近，我们就会渐渐的得着一种超小己的艺术人生观。这种艺术人生观就是把"人生生活"当作一种"艺术"看待，使他优美、丰富、有条理、有意义。总之，就是把我们的一生生活，当作一个艺术品似的创造。这种"艺术式的人生"，也同一个艺术品一样，是个很有价值，有意义的人生。有人说，诗人歌德（Goethe）的"人生 Life"，比他的诗还有价值，就是因为他的人生同一个高等艺术品一样，是很优美、很丰富、有意义、有价值的。

(B) 我们持了唯美主义的人生观，消极方面可以减少小己的烦闷和痛苦，而积极的方面，又可以替社会提倡艺术的教育和艺术的创造。艺术教育，可以高尚社会人民的人格。艺术品是人类高等精神文化的表示，这两种的贡献，也就不算小的了。

总之，唯美主义，或艺术的人生观，可算得青年烦闷解救法之一种。

（二）研究的态度

怎样叫做研究的态度？当我们遇着一个困难或烦闷的事情的时候，我们不要就计较他对于切己的利害，以致引起感情的刺激，神经的昏乱，而平心静气，用研究的眼光，分析这事的原委、因果和真相，知这事有他的远因，近因，才会产生这不得不然的结果，我们对于这切己重大的事，就会同科学家对于一个自然对象一样，只有支配处置的手续，没有烦闷喜怒的感情了。

譬如现在的青年，对于社会上窳败的制度，政治上不良的现象，都用这种研究眼光去考察，不作一时的感情冲动，知道现在社会的黑暗罪恶是千百年来积渐而成，我们对他只当细筹改造的方法，不当抱盲目的悲观，或过激的愿望，那时，青年因政治社会而生的烦闷，一定可以减去不少。因这客观研究事实是不含痛苦的，是排遣烦闷的，而同时于事实上有极大的利益。

所以，研究的眼光和客观的观察，也是青年烦闷解救法的一种。

（三）积极的工作

我们人生的生活，本来就是"工作"。无工作的人生，是极无聊赖的人生，是极烦闷的人生。有许多青年的烦闷，就是为着没有正当适宜的工作而产生的。试看那些资本家的子弟，终日游荡，没有一个一定的工作，虽是生活无虑，总是烦闷得很，无聊得很，终日汲汲的寻找消遣排闷的方法。所以，我以为，正当的积极的"工作"，是青年解救烦闷与痛苦的最好方法。青年最危险的时候，就是完全没有工作的时候。这时候，最容易发生幻想，烦闷，悲观，无聊。

至于工作，有精神的肉体的。这两种中任择一种，就可以解除青年的烦闷。但是，做精神工作的，不可不当附带做点肉体的工作，以维持他的健康。

以上是我一时的感想，粗略得很。不过想借此引起诸君对于这黎明运动时代青年最易发生烦闷的问题，稍稍注意，商量个周密的解救办法。

再别康桥

徐志摩

轻轻的我走了,
正如我轻轻的来;
我轻轻的招手,
作别西天的云彩。

那河畔的金柳,
是夕阳中的新娘;
波光里的艳影,
在我的心头荡漾。

软泥上的青荇,
油油的在水底招摇;
在康桥的柔波里,
我甘心做一条水草!

那榆荫下的一潭,
不是清泉,是天上虹;
揉碎在浮藻间,
沉淀着彩虹似的梦。

寻梦?撑一支长篙,
向青草更青处漫溯,

满载一船星辉,
在星辉斑斓里放歌。

但我不能放歌,
悄悄是别离的笙箫;
夏虫也为我沉默,
沉默是今晚的康桥!

悄悄的我走了,
正如我悄悄的来;
我挥一挥衣袖,
不带走一片云彩。

我所知道的康桥①

徐志摩

一

我这一生的周折,大都寻得出感情的线索。不论别的,单说求学。我到英国是为要从卢梭②。卢梭来中国时,我已经在美国。他那不确的死耗传到的时候,我真的出眼泪不够,还做悼诗来了。他没有死,我自然高兴。我摆脱了哥伦比亚③大博士衔的引诱,买船漂过大西洋,想跟这位二十世纪的福禄泰尔④认真念一点书去。谁知一到英国才知道事情变样了:一为他在战时主张和平,二为他离婚,卢梭叫康桥给除名了,他原来是 Trinity college 的 fellow⑤,这一来他的 fellowship⑥ 也给取消了。他回英国后就在伦敦住下,夫妻两人卖文章过日子。因此我也不曾遂我从学的始愿。我在伦敦政治经济学院里混了半年,正感着闷想换路走的时候,我认识了狄更生⑦先生。狄更生——Goldsworthy Lowes Dickinson——是一个有名的作者,他的《一个中国人通信》(Letters form John Chinaman)与《一个现代聚餐谈话》(A Modern Symposium)两本小册子早得了我的景仰。我第一次会着他是在伦敦国际联盟协会席上,那天林宗孟⑧先生演说,他做主席;第二次是宗孟寓里吃茶,有他。以后我常到他家里去。他看出我的烦闷,劝我到康桥去,他自己是王家学院(King's College)的 fellow。我就写信去问两个学院,回信都说学额早满了,随后还是狄更生先生替我去在他的学院里说好了,给我一个特别生的资格,随意选科听讲。从此黑方巾、黑披袍的风光也被我占着了。

初起我在离康桥六英里的乡下叫沙士顿地方租了几间小屋住下，同居的有我从前的夫人张幼仪女士与郭虞裳君。每天一早我坐街车（有时自行车）上学到晚回家。这样的生活过了一个春，但我在康桥还只是个陌生人谁都不认识，康桥的生活，可以说完全不曾尝着，我知道的只是一个图书馆，几个课室，和三两个吃便宜饭的茶食铺子。狄更生常在伦敦或是大陆上，所以也不常见他。那年的秋季我一个人回到康桥，整整有一学年，那时我才有机会接近真正的康桥生活，同时，我也慢慢的"发见"了康桥。我不曾知道过更大的愉快。

①康桥，今译剑桥，在英国东南部，这里指剑桥大学。
②卢梭，今译罗素，英国哲学家、逻辑学家，1921年曾来中国讲学。
③哥伦比亚，这里指哥伦比亚大学，在美国纽约。
④福禄泰尔，今译伏尔泰，法国启蒙思想家、哲学家、作家。
⑤林宗孟，即林长民，晚清立宪派人士，辛亥革命后曾任司法总长。
⑥狄更生，英国作家、学者。
⑦fellowship 即评议员资格。
⑧Trinity College 的 fellow，即三一学院（属剑桥大学）的评议员。

二

"单独"是一个耐寻味的现象。我有时想它是任何发见的第一个条件。你要发见你的朋友的"真"，你得有与他单独的机会。你要发见你自己的真，你得给你自己一个单独的机会。你要发见一个地方（地方一样有灵性），你也得有单独玩的机会。我们这一辈子，认真说，能认识几个人？能认识几个地方？我们都是太匆忙，太没有单独的机会。说实话，我连我的本乡都没有什么了解。康桥我要算是有相当交情的，再次许只有新认识的翡冷翠了。啊，那些清晨，那些黄昏，我一个人发疑似的在康桥！绝对的单独。

但一个人要写他最心爱的对象，不论是人是地，是多么使他为难的一个工作？你怕，你怕描坏了它，你怕说过分了恼了它，你怕说太谨慎了辜负了它。我现在想写康侨，也正是这样的心理，我不曾写，我就知道这回是写不好的——况且又是临时逼出来的事情。但我却不能不写，上期预告已经出去了。我想勉强分两节写：一是我所知道的康桥的天然景色；一是我所知道的康桥的学生生活。我今晚只能极简地写些，等以后有兴会时再补。

三

康桥的灵性全在一条河上；康河，我敢说是全世界最秀丽的一条水。河的名字是葛兰大（Granta），也有叫康河（River Cam）的，许有上下流的区别，我不甚清楚。河身多的是曲折，上游是有名的拜伦潭——"Byron's Pool"——当年拜伦常在那里玩的；有一个老村子叫格兰骞斯德，有一个果子园，你可以躺在累累的桃李树荫下吃茶，花果会掉入你的茶杯，小雀子会到你桌上来啄食，那真是别有一番天地。这是上游；下游是从骞斯德顿下去，河面展开，那是春夏间竞舟的场所。上下河分界处有一个坝筑，水流急得很，在星光下听水声，听近村晚钟声，听河畔倦牛刍草声，是我康桥经验中最神秘的一种：大自然的优美，宁静，调谐在这星光与波光的默契中不期然地淹入了你的性灵。

但康河的精华是在它的中权，著名的"Backs"。这两岸是几个最蜚声的学院的建筑。从上面下来是 Pembroke, St. Katharine's, King's, Clare, Trinity, St. John's。最令人留连的一节是克莱亚与王家学院的毗连处，克莱亚的秀丽紧邻着王家教堂（King's

Chapel）的宏伟。别的地方尽有更美更庄严的建筑，例如巴黎赛因河的罗浮宫一带，威尼斯的利阿尔多大桥的两岸，翡冷翠维基乌大桥的周遭；但康桥的"Backs"自有它的特长，这不容易用一二个状词来概括，它那脱尽尘埃气的一种清澈秀逸的意境可说是超出了画图而化生了音乐的神味。再没有比这一群建筑更调谐更匀称的了！论画，可比的许只有柯罗（Corot）的田野；论音乐，可比的许只有肖班（Chopin）的夜曲。就这，也不能给你依稀的印象，它给你的美感简直是神灵性的一种。

　　假如你站在王家学院桥边的那棵大树荫下眺望，右侧面，隔着一大方浅草坪，是我们的校友居（Fellows Building），那年代并不早，但它的妩媚也是不可掩的，它那苍白的石壁上春夏间满缀着艳色的蔷薇在和风中摇头，更移左是那教堂，森林似的尖阁不可浼地永远直指着天空；更左是克莱亚，啊！那不可信的玲珑的方庭，谁说这不是圣克莱亚（St. Clare）的化身，哪一块石上不闪耀着她当年圣洁的精神？在克莱亚后背隐约可辨的是康桥最潇贵最骄纵的三清学院（Trinity），它那临河的图书楼上坐镇着拜伦神采惊人的雕像。

　　但这时你的注意早已叫克莱亚的三环洞桥魔术似的摄住。你见过西湖白堤上的西泠断桥不是？（可怜它们早已叫代表近代丑恶精神的汽车公司给铲平了，现在它们跟着苍凉的雷峰永远辞别了人间。）你忘不了那桥上斑驳的苍苔，木栅的古色，与那桥拱下泄露的湖光与山色不是？克莱亚并没有那样体面的衬托，它也不比庐山栖贤寺旁的观音桥，上瞰五老的奇峰，下临深潭与飞瀑；它只是怯伶伶的一座三环洞的小桥，它那桥洞间也只掩映着细纹的波鄰与婆婆的树影，它那桥上栉比的小穿兰与兰节顶上双双的白石球，也只是村姑子头上不夸张的香草与野花一类的装饰；但你凝神地看着，更凝神地看着，你再反省你的心境，看还有一丝屑的俗念沾滞不？只要你审美的本能不曾汩灭时，这是你的机会实现纯粹美感的神奇！

但你还得选你赏鉴的时辰。英国的天时与气候是走极端的。冬天是荒谬的坏，逢着连绵的雾盲天你一定不迟疑地甘愿进地狱本身去试试；春天（英国是几乎没有夏天的）是更荒谬得可爱，尤其是它那四五月间最渐缓最艳丽的黄昏，那才真是寸寸黄金。在康河边上过一个黄昏是一服灵魂的补剂。啊！我那时蜜甜的单独，那时蜜甜的闲暇。一晚又一晚的，只见我出神似的倚在桥阑上向西天凝望：——

看一回凝静的桥影，
数一数螺钿的波纹，
我倚暖了石阑的青苔，青苔凉透了我的心坎；……
还有几句更笨重的怎能仿佛那游丝似轻妙的情景：
难忘七月的黄昏，远树凝寂，
像墨泼的山形，衬出轻柔暝色，
密稠稠，七分鹅黄，三分桔绿，
那妙意只可去秋梦边缘捕捉；……

四

这河身的两岸都是四季常青最葱翠的草坪。从校友居的楼上望去，对岸草场上，不论早晚，永远有十数匹黄牛与白马，胫蹄没在恣蔓的草丛中，从容地在咬嚼，星星的黄花在风中动荡，应和着它们尾鬃的扫拂。桥的两端有斜倚的垂柳与椈荫护住。水是澈底的清澄，深不足四尺，匀匀地长着长条的水草。这岸边的草坪又是我的爱宠，在清朝，在傍晚，我常去这天然的织锦上坐地，有时读书，有时看水；有时仰卧着看天空的行云，有时反扑着搂抱大地的温软。

但河上的风流还不止两岸的秀丽。你得买船去玩。船不止一种：有普通的双桨划船，有轻快的薄皮舟（Canoe），有最别致的长形撑篙船（Punt）。最末的一种是别处不常有的：约莫有二丈长，三尺宽，你站直在船梢上用长竿撑着走的。这撑是一种技术。我手脚太蠢，始终不曾学会。你初起手尝试时，容易把船身横住在河中，东颠西撞地狼狈。英国人是不轻易开口笑人的，但是小心他们不出声地皱眉！也不知有多少次河中本来优闲的秩序叫我这莽撞的外行给捣乱了。我真的始终不曾学会；每回我不服输跑去租船再试的时候，有一个白胡子的船家往往带讥讽地对我说："先生，这撑船费劲，天热累人，还是拿个薄皮舟溜溜吧！"我哪里肯听话，长篙子一点就把船撑了开去，结果还是把河身一段段地腰斩了去。

你站在桥上去看人家撑，那多不费劲，多美！尤其在礼拜天有几个专家的女郎，穿一身缟素衣服，裙裾在风前悠悠地飘着，戴一顶宽边的薄纱帽，帽影在水草间颤动，你看她们出桥洞时的姿态，捻起一根竟像没有分量的长竿，只轻轻地，不经心地往波心里一点，身子微微地一蹲，这船身便波地转出了桥影，翠条鱼似的向前滑了去。她们那敏捷，那闲暇，那轻盈，真是值得歌咏的。

在初夏阳光渐暖时你去买一只小船，划去桥边荫下躺着念你的书或是做你的梦，槐花香在水面上飘浮，鱼群的唼喋声在你的耳边挑逗。或是在初秋的黄昏，近着新月的寒光，望上流僻静处远去。爱热闹的少年们携着他们的女友，在船沿上支着双双的东洋彩纸灯，带着话匣子，船心里用软垫铺着，也开向无人迹处去享他们的野福——谁不爱听那水底翻的音乐在静定的河上描写梦意与春光！

住惯城市的人不易知道季候的变迁。看见叶子掉知道是秋。看见叶子绿知道是春；天冷了装炉子，天热了拆炉子；脱下棉袍，换上夹袍，脱下夹袍，穿上单袍：不过如此罢了。天上星斗的消息，地下泥土里的消息，空中风吹的消息，都不关我们的事。忙着哪，这样那样事情多着，谁耐烦管星星的移转，花草的消长，风云的变幻？同时我们抱怨我们的生活、苦痛、烦闷、拘束、枯燥，谁肯承认做人是快乐？谁不多少间咒诅人生？

但不满意的生活大都是由于自取的。我是一个生命的信仰者，我信生活决不是我们大多数人仅仅从自身经验推得的那样暗惨。我们的病根是在"忘本"。人是自然的产儿，就比枝头的花与鸟是自然的产儿；但我们不幸是文明人，入世深似一天，离自然远似一天。离开了泥土的花草，离开了水的鱼，能快活吗？能生存吗？从大自然，我们取得我们的生命；从大自然，我们应分取得我们继续的资养。哪一株婆婆的大木没有盘错的根柢深入在无尽藏的地里？我们是永远不能独立的。有幸福是永远不离母亲抚育的孩子，有健康是永远接近自然的人们。不必一定与鹿豕游，不必一定回"洞府"去；为医治我们当前生活的枯窘，只要"不完全遗忘自然"，一张轻淡的药方我们的病象就有缓和的希望。在青草里打几个滚，到海水里洗几次浴，到高处去看几次朝霞与晚照——你肩背上的负担就会轻松了去的。

　　这是极肤浅的道理，当然。但我要没有过过康桥的日子，我就不会有这样的自信。我这一辈子就只那一春，说也真可怜，算是不曾虚度。就只那一春。我的生活是自然的，是真愉快的！（虽则碰巧那也是我最感受人生痛苦的时期）。我那时有的是闲暇，有的是自由，有的是绝对单独的机会。说也奇怪，竟像是第一次，我辨认了星月的光明，草的青，花的香，流水的殷勤。我能忘记那初春的睥睨吗？曾经有多少个清晨我独自冒着冷去薄霜铺地的林子里闲步——为听鸟语，为盼朝阳，为寻泥土里渐次苏醒的花草，为体会最微细最神妙的春信。啊，那是新来的画眉在那边凋不尽的青枝上试它的新声！啊，这是第一朵小雪球花挣出了半冻的地面！啊，这不是新来的潮润沾上了寂寞的柳条？

　　静极了，这朝来水溶溶的大道，只远处牛奶车的铃声，点缀这周遭的沉默。顺着这大道走去，走到尽头，再转入林子里的小径，往烟雾浓密处走去，头顶是交枝的榆荫，透露着漠愣愣的曙色；再往前走去，走尽这林子，当前是平坦的原野。望见了村舍，初青的麦田，更远三两个馒形的小山掩住了一条通道。天边是雾茫茫的，尖尖的黑影是近村的教寺。听，那晓钟和缓的清音。这一带是此邦中部的平原，地形像是海里的轻波，默沉沉地起伏；山岭是望不见的，有的是常青的草原与沃腴的田壤。登那土阜上望去，康桥只是一带茂林，拥戴着几处娉婷的尖阁。妩媚的康河也望不见踪迹，你只能循着那锦带似的林木想象那一流清浅。村舍与树林是这地盘上的棋子，有村舍处有佳荫，有佳荫处有村舍。这早起是看炊烟的时辰：朝雾渐渐地升起，揭开了这灰苍苍的天幕（最好是微霰后的光景），远近的炊烟，成丝的、成缕的、成卷的、轻快的、迟重的、浓灰的、淡青的、惨白的，在静定的朝气里渐渐地上腾，渐渐地不见，仿佛是朝来人们的祈祷，参差地翳入了天听。朝阳是难得见的，这初春的天气。但它来时是起早人莫大的愉快。顷刻间这田野添深了颜色，一层轻纱似的金粉糁上了这草，这树，这通道，这庄舍。顷刻间这周遭弥漫了清晨富丽的温柔。顷刻间你的心怀也分润了白天诞生的光荣。"春"！这胜利的晴空仿佛在你的耳边私语。"春！"你那快活的灵魂也仿佛在那里回响。

  伺候着河上的风光，这春来一天有一天的消息。关心石上的苔痕，关心败草里的花鲜，关心这水流的缓急，关心水草的滋长，关心天上的云霞，关心新来的鸟语。怯怜怜的小雪球是探春信的小使。铃兰与香草是欢喜的初声。窈窕的莲馨。玲珑的石水仙，爱热闹的克罗克斯，耐辛苦的蒲公英与雏菊——这时候春光已是烂漫在人间，更不须殷勤问讯。

  瑰丽的春放。这是你野游的时期。可爱的路政，这里不比中国，哪一处不是坦荡荡的大道？徒步是一个愉快，但骑自转车是一个更大的愉快，在康桥骑车是普遍的技术；妇人、稚子、老翁，一致享受这双轮舞的快乐（在康桥听说自转车是不怕人偷的，就为人人都自己有车，没人要偷）。任你选一个方向，任你上一条通道，顺着这带草味的和风，放轮远去，保管你这半天的逍遥是你性灵的补剂。这道上有的是清荫与美草，随地都可以供你休憩。你如爱花，这里多的是锦绣似的草原。你如爱鸟，这里多的是巧啭的鸣禽。你如爱儿童，这乡间到处是可亲的稚子。你如爱人情，这里多的是不嫌远客的乡人，你到处可以"挂单"借宿，有酪浆与嫩薯供你饱餐，有夺目的果鲜恣你尝新。你如爱酒,这乡间每"望"都为你储有上好的新酿,黑啤如太浓,苹果酒、姜酒都是供你解渴润肺的。……带一卷书,走十里路,选一块清静地,看天,听鸟,读书,倦了时,和身在草绵绵处寻梦去——你能想象更适情更适性的消遣吗?

陆放翁有一联诗句:"传呼快马迎新月,却上轻舆趁晚凉。"这是做地方官的风流。我在康桥时虽没马骑,没轿子坐,却也有我的风流:我常常在夕阳西晒时骑了车迎着天边扁大的日头直追。日头是追不到的,我没有夸父的荒诞,但晚景的温存却被我这样偷尝了不少。有三两幅画图似的经验至今还是栩栩地留着。只说看夕阳,我们平常只知道登山或是临海,但实际只须辽阔的天际,平地上的晚霞有时也是一样地神奇。有一次我赶到一个地方,手把着一家村庄的篱笆,隔着一大田的麦浪,看西天的变幻。有一次是正冲着一条宽广的大道,过来一大群羊,放草归来的,偌大的太阳在它们后背放射着万缕的金辉,天上却是乌青青的,只剩这不可逼视的威光中的一条大路,一群生物,我心头顿时感着神异性的压迫,我真的跪下了,对着这冉冉渐翳的金光。再有一次是更不可忘的奇景。那是临着一大片望不到头的草原,满开着艳红的罂粟,在青草里亭亭像是万盏的金灯,阳光从褐色云斜着过来,幻成一种异样紫色,透明似的不可逼视,刹那间在我迷眩了的视觉中,这草田变成了……不说也罢。说来你们也是不信的!

一别二年多了,康桥,谁知我这思乡的隐忧?也不想别的,我只要那晚钟撼动的黄昏,没遮拦的田野,独自斜倚在软草里,看第一个大星在天边出现!

五月的北平

张恨水

能够代表东方建筑美的城市，在世界上，除了北平，恐怕难找第二处了。描写北平的文字，由国文到外国文，由元代到今日，那是太多了，要把这些文字抄写下来，随便也可以出百万言的专书。现在要说北平，那真是一部廿四史，无从说起。若写北平的人物，就以目前而论，由文艺到科学，由最崇高的学者到雕虫小技的绝世能手，这个城圈子里，也俯拾即是，要一一介绍，也是不可能。北平这个城，特别能吸收有学问、有技巧的人才，宁可在北平为静止得到生活无告的程度，他们不肯离开。不要名，也不要钱，就是这样穷困着下去。这实在是件怪事。你又叫我写哪一位才让圈子里的人过瘾呢？

静的不好写，动的也不好写，现在是五月（旧的历法和四月），我们还是写点五月的眼前景物吧。北平的五月，那是一年里的黄金时代。任何树木，都发生了嫩绿的叶子，处处是绿阴满地。卖芍药花的担子，天天摆在十字街头。洋槐树开着其自如雪的花，在绿叶上一球球的顶着。街，人家院落里，随处可见。柳絮飘着雪花，在冷静的胡同里飞。枣树也开花了，在人家的白粉墙头，送出兰花的香味。北平春季多风，但到五月，风季就过去了（今年春季无风）。市民开始穿起夹衣，在不暖的阳光里走。北平的公园，既多又大。只要你有工夫，花不成其为数目的票价，亦可以在锦天铺地、雕栏玉砌的地方消磨一半天。

照着上面所谈，这范围还是太广，像看《四库全书》一样。虽然只成个提要，也觉得应接不暇。让我来缩小范围，只谈一个中人之家吧。北平的房子，大概都是四合院。这个院子，就可以雄视全国建筑。洋楼带花园，这是最令人羡慕的新式住房。可是在北平人看来，那太不算一回事了。北平所谓大宅门，哪家不是七八上下十个院子？哪个院子里不是花果扶疏？这且不谈，就是中产之家，除了大院一个，总还有一两个小院相配合。这些院子里，除了石榴树、金鱼缸，到了春深，家家由屋里度过寒冬搬出来。而院子里的树木，如丁香、西府海棠、藤萝架、葡萄架、垂柳、洋槐、刺槐、枣树、榆树、山桃、珍珠梅、榆叶梅，也都成人家普通的栽植物，这时，都次第的开过花了。尤其槐树，不分大街小巷，不分何种人家，到处都栽着有。在五月里，你如登景山之颠，对北平城作个鸟瞰，你就看到北平市房全参差在绿海里。这绿海就大部分是槐树造成的。

　　洋槐传到北平，似乎不出五十年。所以这类树，树木虽也有高到五六丈的，都是树干还不十分粗。刺槐却是北平的土产，树兜可以合抱，而树身高到十丈的，那也很是平常。洋槐是树叶子一绿就开花，正在五月，花是成球的开着，串子不长，远望有些像南方的白绣球。刺槐是七月开花，都是一串串有刺，像藤萝（南方叫紫藤）。不过是白色的而已。洋槐香浓，刺槐不大香，所以五月里草绿油油的季节，洋槐开花，最是凑趣。

　　在一个中等人家，正院子里可能就有一两株槐树，或者是一两株枣树。尤其是城北，枣树逐家都有，这是"早子"的谐音，取一个吉利。在五月里，下过一回雨，槐叶已在院子里着上一片绿阴。白色的洋槐花在绿枝上堆着雪球，太阳照着，非常的好看。枣子花是看不见的，淡绿色，和小叶的颜色同样，而且它又极小，只比芝麻大些，所以随便看不见。可是它那种兰蕙之香，在风停日午的时候，在月明如昼的时候，把满院子都浸润在幽静淡雅的境界。假使这人家有些盆景（必然有），石榴花开着火星样的红点，夹竹桃开着粉红的桃花瓣、在上下皆绿的环境中，这几点红色，娇艳绝伦。北平人又爱随地种草本的花籽，这时大小花秧全都在院子里拔地而出，一寸到几寸长的不等，全表示了欣欣向荣的样子。北平的屋子，对院子的一方面，照例下层是土墙，高二三尺，中层是大玻璃窗，玻璃大得像百货店的货窗相等，上层才是花格活窗。桌子靠墙，总是在大玻璃窗下。主人翁若是读书伏案写字，一望玻璃窗外的绿色，映入眉宇，那实在是含有诗情画意的。而且这样的点缀，并不花费主人什么钱的。

北平这个地方，实在适宜于绿树的点缀，而绿树能亭亭如盖的，又莫过于槐树。在东西长安街，故宫的黄瓦红墙，配上那一碧千株的槐林，简直就是一幅彩画。在古老的胡同里，四五株高槐，映带着平正的土路，低矮的粉墙，行人很少，在白天就觉得其意幽深，更无论月下了。在宽平的马路上，如南、北池子，如南、北长街，两边槐树整齐划一，连续不断，有三四里之长，远远望去，简直是一条绿街。在古庙门口，红色的墙，半圆的门，几株大槐树在庙外拥立，把低矮的庙整个罩在绿阴下，那情调是肃穆典雅的。在伟大的公署门口，槐树分立在广场两边，好像排列着伟大的仪仗，又加重了几分雄壮之气。太多了，我不能把她一一介绍出来，有人说五月的北平是碧槐的城市，那却是一点没有夸张。

当承平之时，北平人所谓"好年头儿"；在这个日子，也正是故都人士最悠闲舒适的日子，在绿阴满街的当儿，卖芍药花的平头车子整车的花骨蕾推了过去。卖冷食的担子，在幽静的胡同里叮当作响，敲着冰盏儿，这很表示这里一切的安定与闲静。渤海来的海味，如黄花鱼、对虾，放在冰块上卖，已特别有风趣。又如乳油杨梅、蜜饯樱桃、藤萝饼、玫瑰糕，吃起来还带些诗意。公园里绿叶如盖，三海中水碧如油，随处都是令人享受的地方。但是这一些，我不能、也不愿往下写。现在，这里是邻近炮火边沿，南方人来说这里是第一线了。北方人吃的面粉，三百多万元一袋；南方人吃的米，卖八万多元一斤。穷人固然是朝不保夕，中产之家虽改吃糙粉度日，也不知道这糙粮允许吃多久。街上的槐树虽然还是碧净如前，但已失去了一切悠闲的点缀，人家院子里，虽是不花钱的庭树，还依然送了绿阴来，这绿阴在人家不是幽丽，巧是凄凄惨惨的象征。谁实为之？孰令致之？我们也就无从问人，《阿房宫赋》前段写得那样富丽，后面接着是一叹："秦人不自哀！"现在的北平人，倒不是不自哀，其如他们哀亦无益何！

　　好一座富于东方美的大城市呀，他整个儿在战栗！好一座千年文化的结晶呀，他不断的在枯萎！呼吁于上天，上天无言，呼吁于人类，人类摇头。其奈之何！

江南的冬景

郁达夫

凡在北国过过冬天的人，总都道围炉煮茗，或吃煊羊肉，剥花生米，饮白干的滋味。而有地炉、暖炕等设备的人家，不管它门外面是雪深几尺，或风大若雷，而躲在屋里过活的两三个月的生活，却是一年之中最有劲的一段蛰居异境；老年人不必说，就是顶喜欢活动的小孩子们，总也是个个在怀恋的，因为当这中间，有的萝卜、雅儿梨等水果的闲食，还有大年夜，正月初一，元宵等热闹的节期。

但在江南，可又不同；冬至过后，大江以南的树叶，也不至于脱尽。寒风——西北风——间或吹来，至多也不过冷了一日两日。到得灰云扫尽，落叶满街，晨霜白得像黑女脸上的脂粉似的清早，太阳一上屋檐，鸟雀便又在吱叫，泥地里便又放出水蒸气来，老翁小孩就又可以上门前的隙地里去坐着曝背谈天，营屋外的生涯了；这一种江南的冬景，岂不也可爱得很么？

我生长江南，儿时所受的江南冬日的印象，铭刻特深；虽则渐入中年，又爱上了晚秋，以为秋天正是读读书，写写字的人的最惠节季，但对于江南的冬景，总觉得是可以抵得过北方夏夜的一种特殊情调，说得摩登些，便是一种明朗的情调。

我也曾到过闽粤，在那里过冬天，和暖原极和暖，有时候到了阴历的年边，说不定还不得不拿出纱衫来着；走过野人的篱落，更还看得见许多杂七杂八的秋花！一番阵雨雷鸣过后，凉冷一点；至多也只好换上一件夹衣，在闽粤之间，皮袍棉袄是绝对用不着的；这一种极南的气候异状，并不是我所说的江南的冬景，只能叫它作南国的长春，是春或秋的延长。

江南的地质丰腴而润泽,所以含得住热气,养得住植物;因而长江一带,芦花可以到冬至而不败,红时也有时候会保持得三个月以上的生命。像钱塘江两岸的乌桕树,则红叶落后,还有雪白的桕子着在枝头,一点一丛,用照相机照将出来,可以乱梅花之真。草色顶多成了赭色,根边总带点绿意,非但野火烧不尽,就是寒风也吹不倒的。若遇到风和日暖的午后,你一个人肯上冬郊去走走,则青天碧落之下,你不但感不到岁时的肃杀,并且还可以饱觉着一种莫名其妙的含蓄在那里的生气;"若是冬天来了,春天也总马上会来"的诗人的名句,只有在江南的山野里,最容易体会得出。

说起了寒郊的散步,实在是江南的冬日,所给与江南居住者的一种特异的恩惠;在北方的冰天雪地里生长的人,是终他的一生,也决不会有享受这一种清福的机会的。我不知道德国的冬天,比起我们江浙来如何,但从许多作家的喜欢以 Spaziergang 一字来做他们的创造题目的一点看来,大约是德国南部地方,四季的变迁,总也和我们的江南差仿不多。譬如说十九世纪的那位乡土诗人洛在格(Peter Rosegger 1843—1918)罢,他用这一个"散步"做题目的文章尤其写得多,而所写的情形,却又是大半可以拿到中国江浙的山区地方来适用的。

江南河港交流,且又地滨大海,湖沼特多,故空气里时含水分;到得冬天,不时也会下着微雨,而这微雨寒村里的冬霖景象,又是一种说不出的悠闲境界。你试想想,秋收过后,河流边三五家人家会聚在一道的一个小村子里,门对长桥,窗临远阜,这中间又多是树枝槎丫的杂木树林;在这一幅冬日农村的图上,再洒上一层细得同粉也似的白雨,加上一层淡得几不成墨的背景,你说还够不够悠闲?若再要点景致进去,则门前可以泊一只乌篷小船,茅屋里可以添几个喧哗的酒客,天垂暮了,还可以加一味红黄,在茅屋窗中画上一圈暗示着灯光的月晕。人到了这一个境界,自然会得胸襟洒脱起来,终至于得失俱亡,死生不同了;我们总该还记得唐朝那位诗人做的"暮雨潇潇江上树"的一首绝句罢?诗人到此,连对绿林豪客都客气起来了,这不是江南冬景的迷人又是什么?

一提到雨,也就必然的要想到雪:"晚来天欲雪,能饮一杯无?"自然是江南日暮的雪景。"寒沙梅影路,微雪酒香村",则雪月梅的冬宵三友,会合在一道,在调戏酒姑娘了。"柴门村犬吠,风雪夜归人",是江南雪夜,更深人静后的景况。"前树深雪里,昨夜一枝开"又到了第二天的早晨,和狗一样喜欢弄雪的村童来报告村景了。诗人的诗句,也许不尽是在江南所写,而做这几句诗的诗人,也许不尽是江南人,但假了这几句诗来描写江南的雪景,岂不直截了当,比我这一枝愚劣的笔所写的散文更美丽得多?

有几年,在江南,在江南也许会没有雨没有雪的过一个冬,到了春间阴历的正月底或二月初再冷一冷下一点春雪的;去年(一九三四)的冬天是如此,今年的冬天恐怕也不得不然,以节气推算起来,大约太冷的日子,将在一九三六年的二月尽头,最多也总不过是七八天的样子。像这样的冬天,乡下人叫作旱冬,对于麦的收成或者好些,但是人口却要受到损伤;早得久了,白喉、流行性感冒等疾病自然容易上身,可是想恣意享受江南的冬景的人,在这一种冬天,倒只会得到快活一点,因为晴和的日子多了,上郊外去闲步逍遥的机会自然也多;日本人叫作 Hi—king,德国人叫作 Spazier-gang 狂者,所最欢迎的也就是这样的冬天。

窗外的天气晴朗得像晚秋一样:晴空的高爽,日光的洋溢,引诱得使你在房间里坐不住,空言不如实践,这一种无聊的杂文,我也不再想写下去了,还是拿起手杖,搁下纸笔,上湖上散散步罢!

钓台的春昼

郁达夫

因为近在咫尺,以为什么时候要去就可以去,我们对于本乡本土的名区胜景,反而往往没有机会去玩,或不容易下一个决心去玩的。正唯其是如此,我对于富春江上的严陵,二十年来,心里虽每在记着,但脚却没有向这一方面走过。一九三一,岁在辛未,暮春三月,春服未成,而中央党帝,似乎又想玩一个秦始皇所玩过的把戏了,我接到了警告,就仓皇离去了寓居。先在江浙附近的穷乡里,游息了几天,偶尔看见了一家扫墓的行舟,乡愁一动,就定下了归计。绕了一个大弯,赶到故乡,却正好还在清明寒食的节前。和家人等去上了几处坟,与许久不曾见过面的亲戚朋友,来往热闹了几天,一种乡居的倦怠,忽而袭上心来了,于是乎我就决心上钓台访一访严子陵的幽居。

钓台去桐庐县城二十余里,桐庐去富阳县治九十里不足,自富阳溯江而上,坐小火轮三小时可达桐庐,再上则须坐帆船了。

我去的那一天,记得是阴晴欲雨的养花天,并且系坐晚班轮去的,船到桐庐,已经是灯火微明的黄昏时候了,不得已就只得在码头近边的一家旅馆的楼上借了一宵宿。

桐庐县城,大约有三里路长,三千多烟灶,一二万居民,地在富春江西北岸,从前是皖浙交通的要道,现在杭江铁路一开,似乎没有一二十年前的繁华热闹了。尤其要使旅客感到萧条的,却是桐君山脚下的那一队花船的失去了踪影。说起桐君山,原是桐庐县的一个接近城市的灵山胜地,山虽不高,但因有仙,自然是灵了。以形势来论,这桐君山,也的确是可以产生出许多口音生硬、别具风韵的桐严嫂来的生龙活脉。地处在桐溪东岸，正当桐溪和富春江合流之所，依依一水，西岸便瞰视着桐庐县市的人家烟树。南面对江，便是十里长洲；唐诗人方干的故居，就在这十里桐洲九里花的花田深处。向西越过桐庐县城，更遥遥对着一排高低不定的青峦，这就是富春山的山子山孙了。东北面山下，是一片桑麻沃地，有一条长蛇似的官道，隐而复现，出没盘曲在桃花杨柳洋槐榆树的中间，绕过一支小岭，便是富阳县的境界，大约去程明道的墓地程坟，总也不过一二十里地的间隔，我的去拜谒桐君，瞻仰道观，就在那一天到桐庐的晚上，是淡云微月，正在作雨的时候。

　　鱼梁渡头，因为夜渡无人，渡船停在东岸的桐君山下。我从旅馆踱了出来，先在离轮埠不远的渡口停立了几分钟。后来向一位来渡口洗夜饭米的年轻少妇，弓身请问了一回，才得到了渡江的秘诀。她说："你只须高喊两三声，船自会来的。"先谢了她教我的好意，然后以两手围成了播音的喇叭，"喂，喂，渡船请摇过来！"地纵声一喊，果然在半江的黑影当中，船身摇动了。渐摇渐近，五分钟后，我在渡口，却终于听出了咿呀柔橹的声音。时间似乎已经入了酉时的下刻，小市里的群动，这时候都已经静息；自从渡口的那位少妇，在微茫的夜色里，藏去了她那张白团团的面影之后，我独立在江边，不知不觉心里头却兀自感到了一种他乡日暮的悲哀。渡船到岸，船头上起了几声微微的水浪清音，又铜东的一响，我早已跳上了船，渡船也已经掉过头来了。坐在黑影沉沉的舱里，我起先只在静听着柔橹划水的声音，然后却在黑影里看出了一星船家在吸着的长烟管头上的烟火，最后因为被沉默压迫不过，我只好开口说话了："船家！你这样的渡我过去，该给你几个船钱？"我问。"随你先生把几个就是。"船家的说话冗慢幽长，似乎已经带着些睡意了，我就向袋里摸出了两角钱来。"这两角钱，就算是我的渡船钱，请你候我一会，上山去烧一次夜香，我是依旧要渡过江来的。"船家的回答，只是恩恩乌乌，幽幽同牛叫似的一种鼻音，然而从继这鼻音而起的两三声轻快的咳声听来，他却似已经在感到满足了，因为我也知道，乡间的义渡，船钱最多也不过是两三枚铜子而已。

到了桐君山下，在山影和树影交掩着的崎岖道上，我上岸走不上几步，就被一块乱石绊倒，滑跌了一次。船家似乎也动了恻隐之心了，一句话也不发，跑将上来，他却突然交给了我一盒火柴。我于感谢了一番他的盛意之后，重整步武，再摸上山去，先是必须点一枝火柴走三五步路的，但到得半山，路既就了规律，而微云堆里的半规月色，也朦胧地现出一痕银线来了，所以手里还存着的半盒火柴，就被我藏入了袋里。路是从山的西北，盘曲而上，渐走渐高，半山一到，天也开朗了一点，桐庐县市上的灯光，也星星可数了。更纵目向江心望去，富春江两岸的船上和桐溪合流口停泊着的船尾船头，也看得出一点一点的火来。走过半山，桐君观里的晚祷钟鼓，似乎还没有息尽，耳朵里仿佛听见了几丝木鱼钲钹的残声。走上山顶，先在半途遇着了一道道观外围的女墙，这女墙的栅门，却已经掩上了。在栅门外徘徊了一刻，觉得已经到了此门而不进去，终于是不能满足我这一次暗夜冒险的好奇怪癖的。所以细想了几次，还是决心进去，非进去不可，轻轻用手往里面一推，栅门却呀的一声，早已退向了后方开开了，这门原来是虚掩在那里的。进了栅门，踏着为淡月所映照的石砌平路，向东向南的前走了五六十步，居然走到了道观的大门之外，这两扇朱红漆的大门，不消说是紧闭在那里的。到了此地，我却不想再破门进去了，因为这大门是朝南向着大江开的。门外头是一条一丈来宽的石砌步道，步道的一旁是道观的墙，一旁便是山坡，靠山坡的一面，并且还有一道二尺来高的石墙筑在那里，大约是代替栏杆，防人倾跌下山去的用意，石墙之上，铺的是二三尺宽的青石，在这似石栏又似石凳的墙上，尽可以坐卧游息，饱看桐江和对岸的风景，就是在这里坐它一晚，也很可以，我又何必去打开门来，惊起那些老道的恶梦呢！

空旷的天空里，流涨着的只是些灰白的云，云层缺处，原也看得出半角的天，和一点两点的星，但看起来最饶风趣的，却仍是欲藏还露，将见仍无的那半规月影。这时候江面上似乎起了风，云脚的迁移,更来得迅速了,而低头向江心一看,几多散乱着的船里的灯光,也忽明忽灭地变换了一变换位置。

这道观大门外的景色,真神奇极了。我当十几年前,在放浪的游程里,曾向瓜州京口一带,消磨过不少的时日,那时觉得果然名不虚传的,确是甘露寺外的江山,而现在到了桐庐,昏夜上这桐君山来一看,又觉得这江山之秀而且静,风景的整而不散,却非那天下第一江山的北固山所可与比拟的了。真也难怪得严子陵,难怪得戴征士,倘使我若能在这样的地方结屋读书,以养天年,那还要什么的高官厚禄,还要什么的浮名虚誉哩?一个人在这桐君观前的石凳上,看看山,看看水,看看城中的灯火和天上的星云,更做做浩无边际的无聊的幻梦,我竟忘记了时刻,忘记了自身,直等到隔江的击柝声传来,向西一看,忽而觉得城中的灯影微茫地减了,才跑也似的走下了山来,渡江奔回了客舍。

第二日清晨,觉得昨天在桐君观前做过的残梦正还没有续完的时候,窗外面忽而传来了一阵吹角的声音。好梦虽被打破,但因这同吹箪篥似的商音哀咽,却很含着些荒凉的古意,并且晓风残月,杨柳岸边,也正好候船待发,上严陵去;所以心里虽怀着了些儿怨恨,但脸上却只现出了一痕微笑,起来梳洗更衣,叫茶房去雇船去。雇好了一只双桨的渔舟,买就了些酒菜鱼米,就在旅馆前面的码头上上了船。轻轻向江心摇出去的时候,东方的云幕中间,已现出了几丝红晕,有八点多钟了。舟师急得厉害,只在埋怨旅馆的茶房,为什么昨晚上不预先告诉,好早一点出发。因为此去就是七里滩头,无风七里,有风七十里,上钓台去玩一趟回来,路程虽则有限,但这几日风雨无常,说不定要走夜路,才回来得了的。

过了桐庐,江心狭窄,浅滩果然多起来了。路上遇着的来往的行舟,数目也是很少,因为早晨吹的角,就是往建德去的快班船的信号,快班船一开,来往于两岸之间的船就不十分多了。两岸全是青青的山,中间是一条清浅的水,有时候过一个沙洲,洲上的桃花菜花,还有许多不晓得名字的白色的花,正在喧闹着春暮,吸引着蜂蝶。我在船头上一口一口地喝着严东关的药酒，指东话西地问着船家，这是什么山，那是什么港，惊叹了半天，称颂了半天，人也觉得倦了，不晓得什么时候，身子却走上了一家水边的酒楼，在和数年不见的几位已经做了党官的朋友高谈阔论。谈论之余，还背诵了一首两三年前曾在同一的情形之下做成的歪诗：

不是尊前爱惜身，
伴狂难免假成真，
曾因酒醉鞭名马，
生怕情多累美人。
劫数东南天作孽，
鸡鸣风雨海扬尘，
悲歌痛哭终何补，
义士纷纷说帝秦。

直到盛筵将散，我酒也不想再喝了，和几位朋友闹得心里各自难堪，连对旁边坐着的两位陪酒的名花都不愿意开口。正在这上下不得的苦闷关头，船家却大声的叫了起来说：

"先生，罗芷过了，钓台就在前面，你醒醒罢，好上山去烧饭吃去。"

擦擦眼睛，整了一整衣服，抬起头来一看，四面的水光山色又忽而变了样子了。清清的一条浅水，比前又窄了几分，四围的山包得格外的紧了，仿佛是前无去路的样子。并且山容峻削，看去觉得格外的瘦格外的高。向天上地下四围看看，只寂寂的看不见一个人类。双桨的摇响，到此似乎也不敢放肆了，钩的一声过后，要好半天才来一个幽幽的回响，静，静，静，身边水上，山下岩头，只沉浸着太古的静，死灭的静，山峡里连飞鸟的影子也看不见半只。前面的所谓钓台山上，只看得见两个大石垒，一间歪斜的亭子，许多纵横芜杂的草木。山腰里的那座祠堂，也只露着些废垣残瓦，屋上面连炊烟都没有一丝半缕,像是好久好久没有人住了的样子。并且天气又来得阴森,早晨曾经露一露脸过的太阳,这时候早已深藏在云堆里了,余下来的只是时有时无从侧面吹来的阴飕飕的半箭儿山风。船靠了山脚,跟着前面背着酒菜鱼米的船夫走上严先生祠堂的时候,我心里真有点害怕,怕在这荒山里要遇见一个干枯苍老得同丝瓜筋似的严先生的鬼魂。

在祠堂西院的客厅里坐定,和严先生的不知第几代的裔孙谈了几句关于年岁水旱的话后,我的心跳也渐渐儿的镇静下去了,嘱托了他以煮饭烧菜的杂务,我和船家就从断碑乱石中间爬上了钓台。

东西两石垒,高各有二三百尺,离江面约两里来远,东西台相去只有一二百步,但其间却夹着一条深谷。立在东台,可以看得出罗芷的人家,回头展望来路,风景似乎散漫一点,而一上谢氏的西台,向西望去,则幽谷里的清景,却绝对的不像是在人间了。我虽则没有到过瑞士,但到了西台,朝西一看,立时就想起了曾在照片上看见过的威廉退儿的祠堂。这四山的幽静,这江水的青蓝,简直同在画片上的珂罗版色彩,一色也没有两样,所不同的就是在这儿的变化更多一点,周围的环境更芜杂不整齐一点而已,但这却是好处,这正是足以代表东方民族性的颓废荒凉的美。

从钓台下来,回到严先生的祠堂——记得这是洪杨以后严州知府戴槃重建的祠堂——西院里饱啖了一顿酒肉,我觉得有点酩酊微醉了。手拿着以火柴柄制成的牙签,走到东面供着严先生神像的龛前,向四面的破壁上一看,翠墨淋漓,题在那里的,竟多是些俗而不雅的过路高官的手笔。最后到了南面的一块白墙头上,在离屋檐不远的一角高处,却看到了我们的一位新近去世的同乡夏灵峰先生的四句似邵尧夫而又略带感慨的诗句。夏灵峰先生虽则只知崇古,不善处今,但是五十年来,像他那样的顽固自尊的亡清遗老,也的确是没有第二个人。比较起现在的那些官迷的南满尚书和东洋宝婢来,他的经术言行,姑且不必去论它,就是以骨头来称称,我想也要比什么罗三郎郑太郎辈,重到好几百倍。慕贤的心一动,熏人臭技自然是难熬了，堆起了几张桌椅，借得了一枝破笔，我也向高墙上在夏灵峰先生的脚后放上了一个陈屁，就是在船舱的梦里，也曾微吟过的那一首歪诗。

从墙头上跳将下来，又向毳前天井去走了一圈，觉得酒后的干喉，有点渴痒了，所以就又走回到了西院，静坐着喝了两碗清茶。在这四大无声，只听见我自己的啾啾喝水的舌音冲击到那座破院的败壁上去的寂静中间，同惊雷似的一响，院后的竹园里却忽而飞出了一声闲长而又有节奏似的鸡啼的声来。同时在门外面歇着的船家，也走进了院门，高声的对我说：

"先生，我们回去罢，已经是吃点心的时候了，你不听见那只鸡在后山啼么？我们回去罢！"

五月的青岛

老舍

因为青岛的节气晚,所以樱花照例是在四月下旬才能盛开。樱花一开,青岛的风雾也挡不住草木的生长了。海棠,丁香,桃,梨,苹果,藤萝,杜鹃,都争着开放,墙角路边也都有了嫩绿的叶儿。五月的岛上,到处花香,一清早便听见卖花声。公园里自然无须说了,小蝴蝶花与桂竹香们都在绿草地上用它们的娇艳的颜色结成十字,或绣成儿团;那短短的绿树篱上也开着一层白花,似绿枝上挂了一层春雪。就是路上两旁的人家也少不得有些花草:围墙既矮,藤萝往往顺着墙把花穗儿悬在院外,散出一街的香气;那双樱,丁香,都能在墙外看到,双樱的明艳与丁香的素丽,真是足以使人眼明神爽。

山上有了绿色,嫩绿,所以把松柏们比得发黑了一些。谷中不但填满了绿色,而且颇有些野花,有一种似紫荆而色儿略略发蓝的,折来很好插瓶。

青岛的人怎能忘下海呢,不过,说也奇怪,五月的海就仿佛特别的绿,特别的可爱,也许是因为人们心里痛快吧?看一眼路旁的绿叶,再看一眼海,真的,这才明白了什么叫做"春深似海"。绿,鲜绿,浅绿,深绿,黄绿,灰绿,各种的绿色,连接着,交错着,变化着,波动着,一直绿到天边,绿到山脚,绿到渔帆的外边去。风不凉,浪不高,船缓缓的走,燕低低的飞,街上的花香与海上的咸味混到一处,浪漾在空中,水在面前,而绿意无限,可不是,春深似海!欢喜,要狂歌,要跳入水中去,可是只能默默无言,心好像飞到天边上那将将能看到的小岛上去,一闭眼仿佛还看见一些桃花。人面桃花相映红,必定是在那小岛上。

　　这时候,遇上风与雾便还须穿上棉衣,可是有一天忽然响晴,夹衣就正合适。但无论怎说吧,人们反正都放了心——不会大冷了,不会。妇女们最先知道这个,早早的就穿出利落的新装,而且决定不再脱下去。海岸上,微风吹动少女们的发与衣,何必再会到电影园中找那有画意的景儿呢!这里是初春浅夏的合响,风里带着春寒,而花草山水又似初夏,意在春而景如夏,姑娘们总先走一步,迎上前去,跟花们竞争一下,女性的伟大几乎不是颓废诗人所能明白的。

　　人似乎随着花草都复活了,学生们特别的忙:换制服,开运动会,到崂山丹山旅行,服劳役。本地的学生忙,别处的学生也来参观,几个,几十,几百,打着旗子来了,又成着队走开,男的,女的,先生,学生,都累得满头是汗,而仍不住的向那大海丢眼。学生以外,该数小孩最快活,笨重的衣服脱去,可以到公园跑跑了;一冬天不见猴子了,现在又带着花生去喂猴子,看鹿。拾花瓣,在草地上打滚;妈妈说了,过几天还有大红樱桃吃呢!

　　马车都新油饰过,马虽依然清瘦,而车辆体面了许多,好做一夏天的买卖呀。新油过的马车穿过街心,那专做夏天的生意的咖啡馆,酒馆,旅社,饮冰室,也找来油漆匠,扫去灰尘,油饰一新。油漆匠在交手上忙,路旁也增多了由各处来的舞女。预备呀,忙碌呀,都红着眼等着那避暑的外国战舰与各处的阔人。多咱浴场上有了人影与小艇,生意便比花草还茂盛呀。到那时候,青岛几乎不属于青岛的人了,谁的钱多谁更威风,汽车的眼是不会看山水的。

　　那么,且让我们自己尽量的欣赏五月的青岛吧!

市 集

沈从文

廉纤的毛毛细雨，在天气还没有大变以前欲雪未能的时节，还是霏霏微微落将下来。一个小小乡场，位置在又高又大陡斜的山脚下，前面濒着胀胀的河，被如烟如雾雨丝织成的帘幕，一起把它蒙罩着了。

照例的三八市集，还是照例的有好多好多乡下人，小田主，买鸡到城里去卖的小贩子，花幞头大耳环丰姿隽逸的苗姑娘，以及一些穿灰色号褂子口上说是来察场讨人烦腻的副爷们，与穿高筒子老牛皮靴的团总，各从附近的乡村来做买卖。他们的草鞋底半路上带了无数黄泥浆到集上来，又从场上大坪坝内带了不少的灰色浊泥归去。去去来来，人也数不清多少。

集上的骚动，吵吵闹闹，凡是到过南方（湖湘以西）乡下的人，是都会知道的。

倘若你是由远远的另一处地方听着，那种喧嚣的起伏，你会疑心到是滩水流动的声音了！

这种洪壮的潮声，还只是一般做生意人在讨论价钱时很和平的每个论调而起。就中虽也有遇到卖牛的场上几个人像唱戏黑花脸出台时那么大喊大嚷找经纪人，也有因秤上不公允而起口角——你骂我一句娘，我又骂你一句娘，你又骂我一句娘……然而究竟还是因为人太多，一两桩事，实在是万万不能做到的！

卖猪的场上，他们把小猪崽的耳朵提起来给买主看时，那种尖锐的嘶喊声，使人听来不愉快至于牙齿根也发酸。

卖羊的场上，许多美丽驯服的小羊儿咩咩地喊着。一些不大守规矩的大羊，无聊似的，两个把前蹄举起来，作势用前额相碰。大概相碰是可以驱逐无聊的，所以第一次訇的碰后，却又作势立起来为第二次预备。牛场却单独占据在场左边一个大坪坝，因为牛的生意在这里占了全部交易四分一以上。那里四面搭起无数小茅棚（棚内卖酒卖面），为一些成交后的田主们喝茶喝酒的地方。那里有大锅大锅煮得"稀糊之烂"的牛脏类下酒物，有大锅大锅香喷喷的肥狗肉，有从总兵营一带担来卖的高粱烧酒；也还有城里馆子特意来卖面的。假若你是城里人来这里卖面，他们因为想吃香酱油的缘故，都会来你馆子，那么，你生意便比其他铺子要更热闹了。

到城里时，我们所见到的东西，不过小摊子上每样有一点罢了！这里可就大不相同。单单是卖鸡蛋的地方，一排一排地摆列着，满箩满筐的装着，你数过去，总是几十担。辣子呢，都是一屋一屋搁着。此外干了的黄色草烟，用为染坊染布的五倍子和栎木皮，还未榨出油来的桐茶子，米场白濛白濛了的米，屠桌上人只大只失了脑袋刮得净白的肥猪，大腿大腿红腻腻还在跳动的牛肉……都多得怕人。

不大宽的河下，满泊着载人载物的灰色黄色小艇，一排排挤挤挨挨的相互靠着也难于数清。

集中是没有什么统系制度。虽然在先前开场时，总也有几个地方上的乡约伯伯，团总，守汛的把总老爷，口头立了一个规约，卖物的照着生意大小缴纳千分之几——或至万分之几，但也有百分之几——的场捐，或经纪佣钱，棚捐，不过，假若你这生意并不大，又不须经纪人，则不须受场上的拘束，可以自由贸易了。

到这天，做经纪的真不容易！脚底下笼着他那双厚底高筒的老牛皮靴子（米场的），为这个爬斗；为那个倒箩筐。（牛羊场的）一面为这个那个拉拢生意，身上让卖主拉一把，又让买主拉一把；一面又要顾全到别的地方因争持时闹出岔子的调排，委实不是好玩的事啊！大概他们声音都略略嚷得有点嘶哑，虽然时时为别人扯到馆子里去润喉。不过，他今天的收入，也就很可以酬他的劳苦了。

因为阴雨，又因为做生意的人各都是在别一个村子里住家，有些还得在散场后走到二三十里路的别个乡村去；有些专靠漂场生意讨吃的还待赶到明天那个场上的生意，所以散场很早。

不到晚炊起时，场上大坪坝似乎又觉得宽大空阔起来了！……再过些时候，除了屠桌下几只大狗在啃嚼残余因分配不平均在那里不顾命的奋斗外，便只有由河下送来的几声清脆篙声了。

归去的人们，也间或有骑着家中打筛的雌马，马项颈下挂着一串小铜铃叮叮当当跑着的，但这是少数；大多数还是赖着两只脚在泥浆里翻来翻去。他们总笑嘻嘻的担着箩筐或背一个大竹背笼，满装上青菜，萝卜，牛肺，牛肝，牛肉，盐，豆腐，猪肠子一类东西。手上提的小竹筒不消说是酒与油。有的拿草绳套着小猪小羊的颈项牵起忙跑；有的肩脯上挂了一个毛蓝布绣有白四季花或"福"字"万"字的褡裢，赶着他新买的牛（褡裢内当然已空）；有的却是口袋满装着钱心中满装着欢喜，——这之间各样人都有。

我们还有机会可以见到许多令人妒羡，赞美，惊奇，又美丽，又娟媚，又天真的青年老奶（苗小姐）和阿玡（苗妇人）。

一九二五年三月二十日于窄而霉小斋作。

附一

这是多美丽多生动的一幅乡村画。

作者的笔真像是梦里的一只小艇，在波纹瘦鳞鳞的梦河里荡着，处处有著落，却又处处不留痕迹。这般作品不是写成的，是"想成"的。给这类的作者，批评是多余的，因为他自己的想像就是最不放松的不出声的批评者。奖励也是多余的，因为春草的发青，云雀的放歌，都是用不着人们的奖励的。志摩的欣赏

附二

关于《市集》的声明

志摩先生：看到报，事真糟，想法声明一下吧。近来正有一般小捣鬼遇事寻罅缝，说不定因此又要生出一番新的风浪。那一篇《市集》先送到《晨报》，用"休芸芸"名字，久不见登载，以为不

见了。接着因《燕大周刊》有个熟人拿去登过；后又为一个朋友不候我的许可又转载到《民众文艺》上——这此又见，是三次了。小东西出现到三次，不是丑事总也成了可笑的事！

这似乎又全是我过失。因为前次你拿我那一册稿子问我时，我曾说统未登载过，忘了这篇。这篇既已曾登载过，为甚我又连同那另外四篇送到晨报社去？那还有个缘由：因我那个时候正同此时一样，生活悬挂在半空中，伙计对于欠账逼得不放松，故写了三四篇东西并录下这一篇短东西做一个册子，送与勉己先生，记到附函曾有下面的话——"……若得到二十块钱开销一下公寓，这东西就卖了。《市集》一篇，曾登载过……"

至于我附这短篇上去的意思，原是想把总来换二十块钱，让晨报社印一个小册子。当时也曾声明过。到后一个大不得，而勉己先生尽我写信问他请他退这一本稿子又不理，我以为必是早失落了，失落就失落了，我哪来追问同编辑先生告状打官司的气力呢？所以不问。

不期望稿子还没有因包花生米而流传到人间。不但不失，且更得了新编辑的赏识，填到篇末，还加了几句受来背膊发麻的按语，纵无好揽闲事的虫豸们来发见这足以使他自己为细心而自豪的事，但我自己看来，已够可笑了。且前者署"休芸芸"，而今却变成"沈从文"，我也得声明一下：实在果能因此给了虫豸们一点钻蛀的空处，就让他永久是两个不同的人名吧。

从文
于新窄而霉斋

从文，不碍事，算是我们副刊转载的，也就罢了。有一位署名"小兵"的劝我下回没有相当稿子时，就不妨拿空白纸给读者们做别的用途，省得掺上烂东西叫人家看了眼疼心烦。

我想另一个办法是复载值得读者们再读三读乃至四读五读的作品，我想这也应得比乱登的办法强些。下回再要没有好稿子，我想我要开始印《红楼梦》了！好在版权是不成问题的。

野 店

李广田

太阳下山了,又是一日之程,步行人,也觉得有点疲劳了。

你走进一个荒僻的小村落——这村落对你很生疏。然而又好像熟悉,因为你走过许多这样的小村落了。看看有些人家的大门已经闭起,有些也许还在半掩,有几个人正迈着沉重的脚步回家。后面跟着狗或牛羊,有的女人正站在门口张望,或用了柔缓的声音在招呼谁来晚餐,也许,又听到几处闭门声音了,"如果能到哪家门里去息下呀",这时候你会这样想吧。但走不多远,你便会发现一座小店待在路旁,或十字路口,虽然明早还须赶路,而当晚你总能做得好梦了。"荒村雨露眠宜早,野店风霜起要迟",这样的对联会发现在一座宽大而破陋的店门上,有意无意地,总会叫旅人感到心暖吧。在这儿你会受到殷勤的招待,你们遇到一对很朴野,很温良的店主夫妇,他们的颜色和语气,会使你发生回到了老家的感觉。但有时,你也会遇着一个刁狡的村少,他会告诉你到前面的村镇还有多远,而实在并不那么远;他也会向你讨多少脚驴钱,而实在也并不值那么多。然而,他的刁狡,你也许并未看出刁狡得讨厌,他们也只是有点拙笨罢了。什么又不是拙笨的呢。一个青生铁的洗脸盆,像一口锅,那会是用过几世的了;一把黑泥的宜兴茶壶,尽够一个人喝半天,也许有人会说是非常古雅呢。饭菜呢,则只在分量上打算,"总得够吃,千里有缘的,无论如何,总不能亏心哪。"店主人会对了每个客人这样说。

在这样地方,你很少感到寂寞的。因为既已疲劳了,你需要休息,不然,也总有些伙伴谈天儿。"四海之内皆兄弟呀。"你会听到这样有人大声笑着，喊，"啊，你不是从山北的下洼来的吗？那也就算是邻舍人了。"常听到这样的招呼。从山里来卖山果的，渡了河来卖鱼的，推车的、挑担的、卖皮鞭的、卖泥人的，拿破绳子换洋火的……也许还有一个老学究先生，现在却做着走方郎中了，这些人，都会偶然地成为一家了。他们总能说慷慨义气话，总是那样亲切而温厚地相照应，他们都很重视这些机缘，总以为这也有神的意思，说不定是为了将来的什么大患难，或什么大前程，而才有了这样一夕呢。如果是在冬天，便会有大方的店主抱了松枝或干柴来给煨火，这只算主人的款待，并不另取火钱。在和平与温暖中，于是一伙陌路人都来烘火而话家常了。

直到现在，虽然交通是比较便利了，但像这样的僻野地方，依然少有人知道所谓报纸新闻之类的东西。但这些地方并非完全无新闻，那就专靠这些挑担推车的人们了。他们走过了多少地方，他们同许多异地人相遇，一到了这样场合，便都争先恐后地倾吐他们听见所闻的一切。某个村子里出了什么人命盗案，或是某个县城里正在哄传着一个什么阴谋的谣言，以及各地的货物行情等，他们都很熟悉。这类新闻，一经在小店里谈论之后，一到天明，也就会传遍了全村，也许又有许多街头人在那里议论纷纭，借题发挥起来呢。说是新闻，其实也并不完全新，也许已经是多年前的故事了，传说过多少次，忘了，又提起来了，鬼怪的，狐仙的，吊颈女人的，马贩子的艳遇，尼姑的犯规……都重在这里开演了。有的人要唱一支山歌，唱一阵南腔北调了。他们有时也谈一些国家大事，譬如战争灾异之类，然而这也只是些故事，像讲《封神演义》那样子讲讲罢了。火熄了，店主人早已去了，有些人也已经打合铺，睡了，也许还有两个人正谈得很密切。譬如有两个比较年轻的人，这时候他们之中的一个也许会告诉，说是因为在故乡曾犯了什么不可饶恕的大罪过，他逃出来了，逃了这么远，几百里，几千里还不知道，而且也逃出了这许多年了。

"我呢……"另一个也许说，"——我是为了要追寻一个潜逃的老婆，为了她，我便做了这小小生意了。"他们也许会谈了很久，谈了整夜，而且竟订下了很好的交情。"鸡声茅店月，人迹板桥霜"，窗上发白，街上已经有人在走动着了，水筒的声音，辘轳的声音，仿佛是很远，很远，已经又要到赶路的时候了。

呼唤声、呵欠声、马蹄声……这时候忙乱的又是店主人。他又要向每个客人打招呼，问每个客人：盘费可还足吗？不曾丢了什么东西吗？如不是急于赶路，真应当用了早餐再走呢，等等。于是一伙路人，又各自拾起了各人的路，各向不同的方向跋涉去了。"几时再见呢？""谁知道，一切都没准呢！"有人这样说，也许还有人多谈几句，也许还听到几声叹息，也许说："我们这些浪荡货，一夕相聚又散了。散了，永不再见了，话谈得真投心，真投心呢！"

真是的，在这些场合中，纵然一个老江湖，也不能不有些悯然之情吧。更有趣的是在这样野店的墙上，偶尔你也会读到用小刀或瓦砾写下来的句子，如某县某某人在此一宿之类。有时，会读到些诗样的韵语。虽然都鄙俚不堪，而这些陌路人在一个偶然的机会里，陌路的相遇又相知，他们一时高兴了，忘情一切了，或是想起一切了，便会毫不计较地把真情流露了出来，于是你就会感到一种特别的人间味。就如古人所歌咏的：

君乘车，我戴笠，
他日相逢下车揖；
君担簦，我跨马，
他日相逢为君下。

——这样的歌子，大概也是在这样的情形下产生的吧。

文学与生活

叶灵凤

Vita Sine Litteris mors est

没有文学的生活，就是等于死的生活。这样一种惊心怵目的古拉丁名句，由一个文学者看来，这是多么适合他的私衷。但是，假如一位站在文学圈子以外的人见了，他又要起怎样的反感？

其实，一个人的生活中没有文学，即使他的生活不等于死，至少也不会是怎样活泼的生活。整天埋头在试验室中的科学家，他从这一根玻璃管看到那一根玻璃管，从这一种原料掺合到另一种原料，纵使他忘记了新婚的妻子，忘记了饮食，他也仍在用文学维持着他的生活，这就是说，假如他失去了那为着预期试验的结果所激起的好奇心和热望，他便免不了怀疑，对于试验生不出兴趣，于是他的研究生活便不得不告终结了。文学两字用在这上面，是指那滋润生活鼓舞生活的一切兴趣和热情，不仅是狭义的指文学作品而言。

从狭义的一方面说，这就是说，从文学爱好者的一方面说，别人对于这两句话的意见怎样，我不曾征求过，至于我自己，我觉得这两句话说尽了我个人生活与文学的关系。

这可以从两方面来说明。

第一，说到嗜好，我几乎是一个没有嗜好的人。我不吸烟，不爱喝酒，若一定要我说出有什么爱好，那便是：我喜欢买书与读书。只要有便，我总爱走到几家新旧的书店去徘徊。只要有钱，我总爱将要买的书尽量倾囊的买回来。只要有时间，我总爱翻开一册书来读。不消说，所买的书，所看的书，虽然有时也会越出文艺的范围，但大抵都是关于文艺的书居多。我可以一个月不看新闻纸，但是我不能一天不看一两页书。我每到一个新地方，第一愿知道的是这地方有几间书店，每到一位朋友家里，最先要看的是他有些什么书籍。

第二，说到文学与我的生活的关系，那更是严重之至，简直是"生死交"，而不仅是一种泛泛的联系。在朋友当中，我通常被视为作家生活度得很安稳的一个。其实，这仅是一个表面浮浅的观察。用被视为劳动者血汗一样贱价的心思所创造的东西，仅仅换得一点比原稿纸还要薄的酬报。用这样菲薄的酬报来维持着的生活，这只要一看到内幕的人，他便知道这是在怎样不断的恐慌和挣扎，那里还说得上安稳的余裕。然而，这终是"生活"，这终是由文学得来的生活。抛去了文学，恐怕这样的生活也无从得了。

我常默想，假如我一旦发觉了我没有书可买，没有书可读，没有人将文学视作商品来向我购买，我那时的生活是怎样呢？我真不敢预想。

没有文学的生活，就是等于死的生活。

想到这里，我才知道郁达夫所以要在文章上极力地喊穷，张资平所以要用文章拼命的聚钱，这里面原是各有各的苦衷。说前者是发牢骚，说后者是商人化，那都未免流于表面的观察了。

学问之趣味

梁启超

我是个主张趣味主义的人：倘若用化学化分"梁启超"这件东西，把里头所含一种原素名叫"趣味"的抽出来，只怕所剩下仅有个零了。我以为：凡人必常常生活于趣味之中，生活才有价值。若哭丧着脸挨过几十年，那么，生命便成沙漠，要来何用？中国人见面最喜欢用的一句话："近来作何消遣？"这句话我听着便讨厌。话里的意思，好像生活得不耐烦了，几十年日子没有法子过，勉强找些事情来消他遣他。一个人若生活于这种状态之下，我劝他不如早日投海！我觉得天下万事万物都有趣味，我只嫌二十四点钟不能扩充到四十八点，不够我享用。我一年到头不肯歇息，问我忙什么？忙的是我的趣味。我以为这便是人生最合理的生活，我常常想运动别人也学我这样生活。

凡属趣味，我一概都承认他是好的，但怎么样才算"趣味"，不能不下一个注脚。我说："凡一件事做下去不会生出和趣味相反的结果的，这件事便可以为趣味的主体。"赌钱趣味吗？输了怎么样？吃酒趣味吗？病了怎么样？做官趣味吗？没有官做的时候怎么样？……诸如此类，虽然在短时间内像有趣味，结果会闹到俗语说的"没趣一齐来"，所以我们不能承认他是趣味。凡趣味的性质，总要以趣味始以趣味终。所以能为趣味之主体者，莫如下列的几项：一，劳作；二，游戏；三，艺术；四，学问。诸君听我这段话，切勿误会以为：我用道德观念来选择趣味。我不问德不德，只问趣不趣。我并不是因为赌钱不道德才排斥赌钱，因为赌钱的本质会闹到没趣，闹到没趣便破坏了我的趣味主义,所以排斥赌钱;我并不是因为学问是道德才提倡学问,因为学问的本质能够以趣味始以趣味终,最合于我的趣味主义条件,所以提倡学问。

学问的趣味,是怎么一回事呢?这句话我不能回答。凡趣味总要自己领略,自己未曾领略得到时,旁人没有法子告诉你。佛典说的:"如人饮水,冷暖自知。"你问我这水怎样的冷,我便把所有形容词说尽,也形容不出给你听,除非你亲自喝一口。我这题目——学问之趣味,并不是要说学问如何如何的有趣味,只要如何如何便会尝得着学问的趣味。

诸君要尝学问的趣味吗?据我所经历过的有下列几条路应走:

第一,"无所为"(为读去声):趣味主义最重要的条件是"无所为而为"。凡有所为而为的事,都是以别一件事为目的而以这件事为手段;为达目的起见勉强用手段,目的达到时,手段便抛却。例如学生为毕业证书而做学问,著作家为版权而做学问,这种做法,便是以学问为手段,便是有所为。有所为虽然有时也可以为引起趣味的一种方面,但到趣味真发生时,必定要和"所为者"脱离关系。你问我"为什么做学问"?我便答道:"不为什么。"再问,我便答道:"为学问而学问。"或者答道:"为我的趣味。"诸君切勿以为我这些话掉弄虚机;人类合理的生活本来如此。小孩子为什么游戏?为游戏而游戏;人为什么生活?为生活而生活。为游戏而游戏,游戏便有趣;为体操分数而游戏,游戏便无趣。

第二,不息:"鸦片烟怎样会上瘾?""天天吃。""上瘾"这两个字,和"天天"这两个字是离不开的。凡人类的本能,只要那部分搁久了不用,他便会麻木会生锈。十年不跑路,两条腿一定会废了;每天跑一点钟,跑上几个月,一天不得跑时,腿便发痒。人类为理性的动物,"学问欲"原是固有本能之一种;只怕你出了学校便和学问告辞,把所有经管学问的器官一齐打落冷宫,把学问的胃弄坏了,便山珍海错摆在面前也不愿意动筷子。诸君啊!诸君倘若现在从事教育事业或将来想从事教育事业，自然没有问题，很多机会来培养你学问胃口。若是做别的职业呢？我劝你每日除本业正当劳作之外，最少总要腾出一点钟，研究你所嗜好的学问。一点钟那里不消耗了？千万别要错过，闹成"学问胃弱"的证候，白白自己剥夺了一种人类应享之特权啊！

第三，深入的研究：趣味总是慢慢的来，越引越多；像倒吃甘蔗，越往下才越得好处。假如你虽然每天定有一点钟做学问，但不过拿来消遣消遣，不带有研究精神，趣味便引不起来。或者今天研究这样明天研究那样，趣味还是引不起来。趣味总是藏在深处，你想得着，便要入去，这个门穿一穿，那个窗户张一张，再不会看见"宗庙之美，百官之富"，如何能有趣味？我方才说："研究你所嗜好的学问"，嗜好两个字很要紧。一个人受过相当的教育之后，无论如何，总有一两门学问和自己脾胃相合，而已经懂得大概可以作加工研究之预备的。请你就选定一门作为终身正业（指从事学者生活的人说），或作为本业劳作以外的副业（指从事其他职业的人说）。不怕范围窄，越窄越便于聚精神；不怕问题难，越难越便于鼓勇气。你只要肯一层一层的往里面追，我保你一定被他引到"欲罢不能"的地步。

第四，找朋友：趣味比方电，越摩擦越出。前两段所说，是靠我本身和学问本身相摩擦；但仍恐怕我本身有时会停摆，发电力便弱了。所以常常要仰赖别人帮助。一个人总要有几位共事的朋友，同时还要有几位共学的朋友。共事的朋友，用来扶持我的职业；共学的朋友和共顽的朋友同一性质，都是用来摩擦我的趣味。这类朋友，能够和我同嗜好一种学问的自然最好，我便和他研究。即或不然——他有他的嗜好，我有我的嗜好，只要彼此都有研究精神，我和他常常在一块或常常通信，便不知不觉把彼此趣味都摩擦出来了。得着一两位这种朋友，便算人生大幸福之一。我想只要你肯找，断不会找不出来。

我说的这四件事，虽然像是老生常谈，但恐怕大多数人都不曾会这样做。唉！世上人多么可怜啊！有这种不假外求不会蚀本不会出毛病的趣味世界，竟自没有几个人肯来享受！古书说的故事"野人献曝"；我是尝冬天晒太阳的滋味尝得舒服透了，不忍一人独享，特地恭恭敬敬的来告诉诸君。诸君或者会欣然采纳吧？但我还有一句话：太阳虽好，总要诸君亲自去晒，旁人却替你晒不来。

为学与做人

梁启超

问诸君"为什么进学校?"我想人人都会众口一辞的答道:"为的是求学问。"再问:"你为什么要求学问?""你想学些什么?"恐怕各人的答案就很不相同,或者竟自答不出来了。诸君啊!我请替你们总答一句罢:"为的是学做人。"

人类心理有知、情、意三部分。所以教育应分为知育、情育、意育三方面,知育要教到人不惑,情育要教到人不忧,意育要教到人不惧。

怎么样才能不惑呢?最要紧是养成我们的判断力。想要养成判断力,第一步,最少须有相当的常识,进一步,对于自己要做的事须有专门知识,再进一步,还要有遇事能断的智慧。假如一个人连常识都没有,听见打雷,说是雷公发威,看见月蚀,说是蛤蟆贪嘴,那么,一定闹到什么事都没有主意,碰着一点疑难问题,就靠求神问卜看相算命去解决,真所谓"大惑不解",成了最可怜的人了。学校里小学所教,就是要人有了许多基本的常识,免得凡事都暗中摸索。但仅仅有点常识还不够,我们做人,总要各有一件专门职业。这门职业,也并不是我一人破天荒去做,从前已经许多人做过,他们积了无数经验,发现出好些原理原则,这就是专门学识。我们有了这种学识,应用它来处置这些事,自然会不惑,反是则惑了。做工、做商等等都各有他的专门学识,也是如此。教育家、军事家等等,都各有他的专门学说,也是如此。我们在高等以上学校所求的知识,就是这一类。但专靠这种常识和学识就够吗?还不能。宇宙和人生是活的,不是呆的,我们每日所碰见的事理是复杂的,变化的，不是单纯的，刻板的，倘若我们只是学过这一件，才懂这一件，那么，碰着一件没有学过的事来到跟前，便手忙脚乱了，所以还要养成总体的智慧，才能得有根本的判断力。这种总体的智慧如何才能养成呢？第一件，要把我们向来粗浮的脑筋着实磨炼他，叫他变成细密而且踏实。那么，无论遇着如何繁难的事，我想可以彻头彻尾想清楚他的条理，自然不至于惑了。第二件，要把我们向来昏浊的脑筋，着实将养他，叫他变成清明。那么，一件事理到跟前，我才能很从容很莹澈的去判断他，自然不至于惑了。以上所说常识学识和总体的智慧，都是智育的要件，目的是教人做到"知者不惑"。

怎么样才能不忧呢？为什么仁者便会不忧呢？想明白这个道理，先要知道中国先哲的人生观是怎样。"仁"到底是什么？很难用言语说明，勉强下个解释，可以说是："普遍人格之实现。"人格要从人和人的关系上看来。所以仁字从二人。总而言之，要彼我交感互发，成为一体，我的人格才能实现。我们若不讲人格主义，那便无话可说；讲到这个主义，当然归宿到普遍人格。换句话说，宇宙即是人生，人生即是宇宙，我们的人格，和宇宙无二无别。体验得这个道理，就叫做"仁者"。然则这种仁者为什么就会不忧呢？大凡忧之所从来，不外两端，一曰忧成败，二曰忧得失，我们得着"仁"的人生观，就不会忧成败。为什么呢？因为我们知道宇宙和人生是永远不会圆满的，所以《易经》六十四卦，始"乾"而终"未济"。正为在这永远不圆满的宇宙中，才永远容得我们创造进化。我们所做的事，不过在宇宙进化几万万里的长途中，往前挪一寸、两寸，哪里配说成功呢？然则不做怎么样呢？不做便连这一寸两寸都不往前挪，那可真真失败了。"仁者"看透这种道理，信得过只有不做事才算失败，肯做事便不会失败。所以《易经》说："君子以自强不息。"换一方面来看，他们又信得过凡事不会成功的，几万万里路挪了一两寸，算成功吗？所以《论语》说："知其不可而为之。"你想，有这种人生观的人，还有什么成败可忧呢？再者，我们得着"仁"的人生观，便不会忧得失，为什么呢？因为认定这件东西是我的，才有得失之可言。连人格都不是单独存在，不能明确的画出这一部分是我的，那一部分是人家的，然则哪里有东西可以为我们所得？既已没有东西为我所得，当然也没有东西为我所失。我只是为学问而学问，为劳动而劳动，并不是拿学问劳动等做手段来达某种目的——可以为我们"所得"的。所以老子说："生而不有，为而不恃。""既以为人己愈有，既以与人己愈多。"你想，有这种人生观的人，还有什么得失可忧呢？总而言之，有了这种人生观，自然会觉得"天地与我并生，而万物与我同一"，自然会"无人而不自得"。他的生活，纯然是趣味化艺术化。这是最高的情感教育，目的教人做到"仁者不忧"。

怎么样才能不惧呢？有了不惑不忧工夫，惧当然会减少许多了。但这是属于意志方面的事。一个人若是意志力薄弱，便有丰富的知识，临时也会用不着，便有优美的情操，临时也会变了卦。然则意志怎么才会坚强呢？头一件须要心地光明。孟子说："浩然之气，至大至刚。行有不慊于心，则馁矣。"又说："自反而不缩，虽褐宽博，吾不惴焉；自反而缩，虽千万人，吾往矣。"俗语说得好："生平不做亏心事，夜半敲门也不惊。"一个人要保持勇气，须要从一切行为可以公开做起，这是第一著。第二件要不为劣等欲望之所牵制。《论语》记：子曰："吾未见刚者。"或对曰申枨。子曰："枨也欲，焉得刚。"一被物质上无聊的嗜欲东拉西扯，那么，百炼钢也会变为绕指柔了。总之，一个人的意志，由刚强变薄弱极易，由薄弱返刚强极难。一个人有意志薄弱的毛病，这个人可就完了。自己作不起自己的主，还有什么事可做？受别人压制，做别人奴隶，自己只要肯奋斗，终须能恢复自由。自己的意志做了自己情欲的奴隶，那么，真是万劫沉沦，永无恢复自由的余地，终身畏首畏尾，成了个可怜人了。孔子说："和而不流，强哉矫；中立而不倚，强哉矫；国有道，不变塞焉，强哉矫；国无道，至死不变，强哉矫。"我老实告诉诸君说罢，做人不做到如此，决不会成一个人。但做到如此真是不容易，非时时刻刻做磨炼意志的功夫不可。意志磨炼到家，自然是看着自己应做的事,一点不迟疑,扛起来便做,"虽千万人吾往矣",这样才算顶天立地一世人,绝不会有藏头躲尾左支右绌的丑态。这便是意育的目的,要教人做到"勇者不惧。"

我们拿这三件事作做人的标准,请诸君想想,我自己现时做到哪一件——哪一件稍为有一点把握。倘若连一件都不能做到,连一点把握都没有,嗳哟!那可真危险了,你将来做人恐怕就做不成。讲到学校里的教育吗,第二层的情育,第三层的意育,可以说完全没有,剩下的只有第一层的知育。就算知育罢,又只有所谓常识和学识,至于我所讲的总体智慧靠来养成根本判断力的,却是一点儿也没有。这种"贩卖知识杂货店"的育,把他前途想下去,真令人不寒而栗!现在这种教育,一时又改革不来,我们可爱的青年,除了他更没有可以受教育的地方。诸君啊!你到底还要做人不要?你要知道危险呀,非你自己抖擞精神想方法自救,没有人能救你呀!

诸君啊!你千万别要以为得些断片的知识,就算是有学问呀。我老实不客气告诉你罢,你如果做成一个人,知识自然是越多越好;你如果做不成一个人,知识却是越多越坏。你不信吗?试想全国人所唾骂的卖国贼某人某人,是有知识的呀,还是没知识的呢?试想想全国人所痛恨的官僚政客——专门助军阀作恶鱼肉良民的人,是有知识的呀,还是没有知识的呢?诸君须知道啊,这些人当十几年前在学校的时代,意气横历,天真烂漫,何尝不和诸君一样?为什么就会堕落到这样的田地呀?屈原说的:"但昔日之芳草兮,今直为此萧艾也!岂其有他故兮,莫好修之害也。"天下最伤心的事,莫过于看着一群好好的青年,一步一步的往坏路上走。诸君猛醒!现在你所厌所恨的人,就是你前车之鉴了。

诸君啊!你现在怀疑吗?沉闷吗?悲哀痛苦吗?觉得外边的压迫你不能抵抗吗?我告诉你:你怀疑和沉闷,便是你因不知才会惑;你悲哀痛苦,便是你因不仁才会忧;你觉得你不能抵抗外界的压迫,便是你因不勇才有惧。这都是你的知、情、意未经过修养磨炼,所以还未成人。我盼望你有痛切的自觉啊！有了自觉，自然会自动。那么学校之外，当然有许多学问，读一卷经，翻一部史，到处都可以发见诸君的良师呀！

诸君啊，醒醒罢！养足你的根本智慧，体验出你的人格人生观，保护好你的自由意志。你成人不成人，就看这几年哩！

少年中国说

梁启超

日本人之称我中国也，一则曰老大帝国，再则曰老大帝国。是语也，盖袭译欧西人之言也。呜呼！我中国其果老大矣乎？梁启超曰：恶！是何言！是何言！吾心目中有一少年中国在。

欲言国之老少，请先言人之老少。老年人常思既往，少年人常思将来。惟思既往也，故生留恋心；惟思将来也，故生希望心。惟留恋也，故保守；惟希望也，故进取。惟保守也，故永旧；惟进取也，故日新。惟思既往也，事事皆其所已经者，故惟知照例；惟思将来也，事事皆其所未经者，故常敢破格。老年人常多忧虑，少年人常好行乐。惟多忧也，故灰心；惟行乐也，故盛气。惟灰心也，故怯懦；惟盛气也，故豪壮。惟怯懦也，故苟且；惟豪壮也，故冒险。惟苟且也，故能灭世界；惟冒险也，故能造世界。老年人常厌事，少年人常喜事。惟厌事也，故常觉一切事无可为者；惟好事也，故常觉一切事无不可为者。老年人如夕照，少年人如朝阳。老年人如瘠牛，少年人如乳虎。老年人如僧，少年人如侠。老年人如字典，少年人如戏文。老年人如鸦片烟，少年人如泼兰地酒。老年人如别行星之陨石，少年人如大洋海之珊瑚岛。老年人如埃及沙漠之金字塔，少年人如西比利亚之铁路。老年人如秋后之柳，少年人如春前之草。老年人如死海之潴为泽，少年人如长江之初发源。此老年与少年性格不同之大略也。梁启超曰：人固有之，国亦宜然。

梁启超曰：伤哉，老大也！浔阳江头琵琶妇，当明月绕船，枫叶瑟瑟，衾寒于铁，似梦非梦之时，追想洛阳尘中春花秋月之佳趣。西宫南内，白发宫娥，一灯如穗，三五对坐，谈开元天宝间遗事，谱《霓裳羽衣曲》。青门种瓜人，左对孺人，顾弄孺子，忆侯门似海珠履杂遝之盛事。拿破仑之流于厄蔑，阿剌飞之幽于锡兰，与三两监守吏，或过访之好事者，道当年短刀匹马驰骋中原，席卷欧洲，血战海楼，一声叱咤，万国震恐之丰功伟烈，初而拍案，继而抚髀，终而揽镜。呜呼，面皴齿尽，白发盈把，颓然老矣！若是者，舍幽郁之外无心事，舍悲惨之外无天地，舍颓唐之外无日月，舍叹息之外无音声，舍待死之外无事业。美人豪杰且然，而况寻常碌碌者耶？生平亲友，皆在墟墓；起居饮食，待命于人。今日且过，遑知他日？今年且过，遑恤明年？普天下灰心短气之事，未有甚于老大者。于此人也，而欲望以拿云之手段，回天之事功，挟山超海之意气，能乎不能？

呜呼！我中国其果老大矣乎？立乎今日以指畴昔，唐虞三代，若何之郅治；秦皇汉武，若何之雄杰，汉唐来之文学，若何之隆盛；康乾间之武功，若何之垣赫。历史家所铺叙，词章家所讴歌，何一非我国民少年时代良辰美景、赏心乐事之陈迹哉！而今颓然老矣！昨日割五城，明日割十城，处处雀鼠尽，夜夜鸡犬惊。十八省之土地财产，已为人怀中之肉，四百兆之父兄子弟，已为人注籍之奴，岂所谓"老大嫁作商人妇"者耶？呜呼！"凭君莫话当年事，憔悴韶光不忍看！"楚囚相对，岌岌顾影，人命危浅，朝不虑夕。国为待死之国，一国之民为待死之民，万事付之奈何，一切凭人作弄，亦何足怪。

梁启超曰：我中国其果老大矣乎？是今日全地球之一大问题也。如其老大也，则是中国为过去之国，即地球上昔本有此国，而今渐渐灭，他日之命运殆将尽也；如其非老大也，则是中国为未来之国，即地球上昔未现此国，而今渐发达，他日之前程且方长也。欲断今日之中国为老大耶，为少年耶？则不可不先明"国"字之意义。夫国也者，何物也？有土地，有人民，以居于其土地之人民，而治其所居之土地之事，自制法律而自守之；有主权，有服从，人人皆主权者，人人皆服从者。夫如是，斯谓之完全成立之国。地球上之有完全成立之国也，自百年以来也。完全成立者，壮年之事也。未能完全成立而渐进于完全成立者，少年之事也。故吾得一言以断之曰：欧洲列邦在今日为壮年国，而我中国在今日为少年国。

夫古昔之中国者，虽有国之名，而未成国之形也。或为家族之国，或为酋长之国，或为诸侯封建之国，或为一王专制之国，虽种类不一，要之，其于国家之体质也，有其一部而缺其一部。正如婴儿自胚胎以迄成童，其身体之一二官支，先行长成，此外则全体虽粗具，然未能得其用也。故唐虞以前为胚胎时代，殷商之际为乳哺时代，由孔子而来至于今为童子时代。逐渐发达，而今乃始将入成童以上少年之界焉。其长成所以若是之迟者，则历代之民贼有窒其生机者也。譬犹童年多病，转类老态，或且疑其死期之将至焉，而不知皆由未完成未成立也；非过去之谓，而未来之谓也。

且我国畴昔，岂尝有国家哉！不过有朝廷耳。我黄帝子孙，聚族而居，立于此地球之上者既数千年，而问其国之为何名，则无有也。夫所谓唐、虞、夏、商、周、秦、汉、魏、晋、宋、齐、梁、陈、隋、唐、宋、元、明、清者，则皆朝名耳。朝也者，一家之私产也。国也者，人民之公产也。朝有朝之老少，国有国之老少。朝与国既异物，则不能以朝之老少而指为国之老少明矣。文、武、成、康，周朝之少年时代也。幽、厉、桓、赧，则其老年时代也。高、文、景、武，汉朝之少年时代也。元、平、桓、灵，则其老年时代也。自余历朝，莫不有之。凡此者谓为一朝廷之老也则可，谓为一国之老也则不可。一朝廷之老且死，犹一人之老且死也，于吾所谓中国者何与焉。然则，吾中国者，前此尚未出现于世界，而今乃始萌芽云尔。天地大矣，前途辽矣，美哉我少年中国乎！

玛志尼者，意大利三杰之魁也。以国事被罪，逃窜异邦。乃创立一会，名曰"少年意大利"。举国志士，云涌雾集以应之。卒乃光复旧物，使意大利为欧洲之一雄邦。夫意大利者，欧洲之第一老大国也。自罗马亡后，土地隶于教皇，政权归于奥国，殆所谓老而濒于死者矣。而得一玛志尼，且能举全国而少年之，况我中国之实为少年时代者耶？堂堂四百余州之国土，凛凛四百余兆之国民，岂遂无一玛志尼其人者！

龚自珍氏之集有诗一章，题曰《能令公少年行》，吾尝爱读之，而有味乎其用意之所存。我国民而自谓其国之老大也，斯果老大矣；我国民而自知其国之少年也，斯乃少年矣。西谚有之曰："有三岁之翁，有百岁之童。"然则国之老少，又无定形，而实随国民之心力以为消长者也。吾见乎玛志尼之能令国少年也，吾又见乎我国之官吏士民能令国老大也。吾为此惧！夫以如此壮丽浓郁翩翩绝世之少年中国，而使欧西日本人谓我老大者，何也？则以握国权者，皆老朽之人也。非哦几十年八股，非写几十年白折，非当几十年差，非捱几十年俸，非递几十年手本，非唱几十年喏，非磕几十年头，非请几十年安，则必不能得一官，进一职。其内任卿贰以上，外任监司以上者，百人之中，其五官不备者，殆九十六七人也。非眼盲，则耳聋；非手颤，则足跛，否则半身不遂也。彼其一身，饮食步履视听言语，尚且不能自了，须三四人在左右扶之捉之，乃能度日，于此而乃欲责之以国事，是何异立无数木偶而使治天下也！且彼辈者，自其少壮之时，既已不知亚细亚、欧罗巴为何处地方，汉祖唐宗是那朝皇帝，犹嫌其顽钝腐败之未臻其极，又必搓磨之，陶冶之，待其脑髓已涸，血管已塞，气息奄奄，与鬼为邻之时，然后将我二万里山河，四万万人命，一举而畀于其手。呜呼！老大帝国，诚哉其老大也！而彼辈者，积其数十年之八股、白折、当差、捱俸、手本、唱喏、磕头、请安，千辛万苦，千苦万辛，乃始得此红顶花翎之服色，中堂大人之名号，乃出其全副精神，竭其毕生力量，以保持之。如彼乞儿拾金一锭，虽轰雷盘旋其顶上，而两手犹紧抱其荷包，他事非所顾也，非所知也，非所闻也。于此而告之以亡国也，瓜分也，彼乌从而听之，乌从而信之！即使果亡矣，果分矣，而吾今年既七十矣，八十矣，但求其一两年内，洋人不来，强盗不起，我已快活过了一世矣！若不得已，则割三头两省之土地，奉申贺敬，以换我几个衙门；卖三几百万之人民作仆为奴，以赎我一条老命，有何不可？有何难办？呜呼！今以所谓老后、老臣、老将、老吏者，其修身齐家治国平天下之手段，皆具于是矣。"西风一夜催人老，凋尽朱颜尽白头。"使走无常当医生，携催命符以祝寿，嗟乎痛哉！以此为国，是安得不老且死，且吾恐其未及岁而殇也。

　　梁启超曰：造成今日之老大中国者，则中国老朽之冤业也。制出将来之少年中国者，则中国少年之责任也。彼老朽者何足道？彼与此世界作别之日不远矣！而我少年乃新来而与世界为缘。如僦屋者然，彼明日将迁居他方，而我今日始入此室处。将迁居者，不爱护其窗棂，不洁治其庭庑，俗人恒情，亦何足怪。若我少年者，前程浩浩，后顾茫茫。中国而为牛为马为奴为隶，则烹脔鞭棰之惨酷，惟我少年当之；中国如称霸宇内，主盟地球，则指挥顾盼之尊荣，惟我少年享之；于彼气息奄奄、与鬼为邻者何与焉？彼而漠然置之，犹可言也；我而漠然置之，不可言也。使举国之少年而果为少年也，则吾中国为未来之国，其进步未可量也。使举国之少年而亦为老大也，则吾中国为过去之国，其澌亡可跷足而待也。故今日之责任，不在他人，而全在我少年。少年智则国智，少年富则国富，少年强则国强，少年独立则国独立，少年自由则国自由，少年进步则国进步，少年胜于欧洲，则国胜于欧洲，少年雄于地球，则国雄于地球。红日初升，其道大光。河出伏流，一泻汪洋。潜龙腾渊，鳞爪飞扬。乳虎啸谷，百兽震惶。鹰隼试翼，风尘吸张。奇花初胎，矞矞皇皇。干将发硎，有作其芒。天戴其苍，地履其黄。纵有千古，横有八荒。前途似海，来日方长。美哉，我少年中国，与天不老！壮哉，我中国少年，与国无疆！

"今"

李大钊

我以为世间最可宝贵的就是"今",最易丧失的也是"今",因为他最容易丧失,所以更觉得他可以宝贵。

为甚么"今"最可宝贵呢?最好借哲人耶曼孙所说的话答这个疑问:"尔若爱千古,尔当爱现在。昨日不能唤回来,明天还不确实,尔能确有把握的就是今日。今日一天,当明日两天。"

为甚么"今"最易丧失呢?因为宇宙大化,刻刻流转,绝不停留。时间这个东西,也不因为吾人贵他爱他稍稍在人间留恋。试问吾人说"今"说"现在",茫茫百千万劫,究竟哪一刹那是吾人的"今",是吾人的"现在"呢?刚刚说他是"今"是"现在",他早已风驰电掣的一般,已成"过去"了。吾人若要糊糊涂涂把他丢掉,岂不可惜?

有的哲学家说,时间但有"过去"与"未来",并无"现在"。有的又说,"过去""未来"皆是"现在"。我以为"过去未来皆是现在"的话倒有些道理。因为"现在"就是所有"过去"流入的世界,换句话说,所有"过去"都埋没于"现在"的里边。故一时代的思潮,不是单纯在这个时代所能凭空成立的,不晓得有几多"过去"时代的思潮,差不多可以说是由所有"过去"时代的思潮,一凑合而成的。

吾人投一石子于时代潮流里面,所激起的波澜声响,都向永远流动传播,不能消灭。屈原的《离骚》,永远使人人感泣。打击林肯头颅的枪声,呼应于永远的时间与空间。一时代的变动,绝不消失,仍遗留于次一时代,这样传演,至于无穷,在世界中有一贯相联的永远性。昨日的事件,与今日的事件,合构成数个复杂事件。此数个复杂事件，与明日的数个复杂事件，更合构成数个复杂事件。势力结合势力，问题牵起问题。无限的"过去"，都以"现在"为归宿。无限的"未来"，都以"现在"为渊源。"过去""未来"的中间，全仗有"现在"以成其连续，以成其永远，以成其无始无终的大实在。一掣现在的铃，无限的过去未来皆遥相呼应。这就是过去未来皆是现在的道理，这就是"今"最可宝贵的道理。

现时有两种不知爱"今"的人：一种是厌"今"的人，一种是乐"今"的人。

厌"今"的人也有两派。一派是对于"现在"一切现象都不满足，因起一种回顾"过去"的感想。他们觉得"今"的总是不好，古的都是好。政治、法律、道德、风俗，全是"今"不如古。此派人惟一的希望在复古。他们的心力全施于复古的运动。一派是对于"现在"一切现象都不满足，与复古的厌"今"派全同。但是他们不想"过去"，但盼"将来"。盼"将来"的结果，往往流于梦想，把许多"现在"可以努力的事业都放弃不做，单是耽溺于虚无飘渺的空玄境界。这两派人都是不能助益进化，并且很足阻滞进化的。

乐"今"的人大概是些无志趣无意识的人，是些对于"现在"一切满足的人。他们觉得所处境遇可以安乐优游，不必再商进取，再为创造。这种人丧失"今"的好处，阻滞进化的潮流，同厌"今"派毫无区别。

原来厌"今"为人类的通性。大凡一境尚未实现以前，觉得此境有无限的佳趣，有无疆的福利；一旦身陷其境，却觉不过尔尔，随即起一种失望的念，厌"今"的心。又如吾人方处一境，觉得无甚可乐；而一旦其境变易，却又觉得其境可恋，其情可思。前者为企望"将来"的动机；后者为反顾"过去"的动机。但是回想"过去"，毫无效用，且空耗努力的时间。若以企望"将来"的动机，而尽"现在"的势力，则厌"今"思想，却大足为进化的原动。乐"今"是一种惰性（inertia），须再进一步，了解"今"所以可爱的道理。全在凭他可以为创造"将来"的努力，决不在得他可以安乐无为。

热心复古的人，开口闭口都是说"现在"的境象若何黑暗，若何卑污，罪恶若何深重，祸患若何剧烈。要晓得"现在"的境象倘若真是这样黑暗，这样卑污，罪恶这样深重，祸患这样剧烈，也都是"过去"所遗留的宿孽，断断不是"现在"造的；全归咎于"现在"，是断断不能受的。要想改变他，但当努力以回复"过去"。

照这个道理讲起来，大实在的瀑流，永远由无始的实在向无终的实在奔流。吾人的"我"，吾人的生命，也永远合所有生活上的潮流，随着大实在的奔流，以为扩大，以为继续，以为进转，以为发展。故实在即动力，生命即流转。

忆独秀先生曾于《一九一六年》文中说过，青年欲达民族更新的希望，"必自杀其一九一五年之青年，而自重其一九一六年之青年。"我尝推广其意，也说过人生惟一的蕲向，青年惟一的责任，在"从现在青春之我，扑杀过去青春之我；促今日青春之我，禅让明日青春之我"。"不仅以今日青春之我，追杀今日白首之我，并宜以今日青春之我，豫杀来日白首之我。"实则历史的现象，时时流转，时时变易，同时还遗留永远不灭的现象和生命于宇宙之间，如何能杀得？所谓杀者，不过使今日的"我"不仍旧沉滞于昨天的"我"。而在今日之"我"中，固明明有昨天的"我"存在。不止有昨天的"我"，昨天以前的"我"，乃至十年二十年百千万亿年的"我"，都俨然存在于"今我"的身上。然则"今"之"我"，"我"之"今"，岂可不珍重自将，为世间造些功德。稍一失脚，必致遗留层层罪恶种子于"未来"无量的人，即未来无量的"我"。永不能消除，永不能忏悔。

我请以最简明的一句话写出这篇的意思来：

吾人在世，不可厌"今"而徒回思"过去"，梦想"将来"，以耗误"现在"的努力；又不可以"今"境自足，毫不拿出"现在"的努力，谋"将来"的发展。宜善用"今"，以努力为"将来"之创造。由"今"所造的功德罪孽，永久不灭。故人生本务，在随实在之进行，为后人造大功德，供永远的"我"享受，扩张，传袭，至无穷极，以达"宇宙即我，我即宇宙"之究竟。

青年与人生

李大钊

我今就现代青年活动的方向,稍有陈说,望我亲爱的青年垂听!

第一,现代的青年,应该在寂寞的方面活动,不要在热闹的方面活动。近来常听人说:"我们青年要耐得过这寂寞日子。"我想这"寂寞日子",并不是苦境,实在是一种乐境。我觉得世间一切光明,都从寂寞中发见出来。譬如天时,一年有一个冬季,是一年的寂寞日子。在此时间,万木枯黄,气象凋落,死寂,冷静,都是他的特色。可是那一年中最华美的春天,不是就从这个寂寞的冬天发见出来的么?一天有一个暗夜,也是一天的寂寞日子。在此时间,万种的尘嚣嘈杂,都有个一时片刻的安息。可是一日中最光耀的曙色,不是从这寂寞的暗夜发见出来的么?热闹中所含的,都是消沉,都是散灭;黑暗寂寞中所含的,都是发生,都是创造,都是光明。这样讲来,这寂寞日子,实在是有滋味、有趣意的日子,不是忍苦受罪的日子,我们实在乐得过,不是耐得过。况且耐得过的日子,必不长久。一个人若对于一种日子总觉得是耐得过,他的心中,必是认这寂寞日子,是一种苦境,是一种烦恼,那就很容易把他抛弃,去寻快乐日子过。因为避苦求乐,是人性的自然,勉强矜持的心,是靠不住的。譬如孀妇不再嫁,苦是本着他自由的意思,那便是他的乐境,那种寂寞日子,他必乐得过到底。若是全因为受传说偶像的拘束,风俗名教的迫胁,才不去嫁,那真是人间莫大的苦境,那种寂寞日子,他虽天天耐得过,天天总有耐不得跟着。乐得过的是一种趣味,耐得过的是一种矜持。青年呵!我们在寂寞的方面活动,不可带着丝毫勉强矜持的意思,必须知道那里有一种真趣味,一种真光明，甘心情愿乐得过这寂寞日子，才能有这寂寞日子中寻出真趣味，获得真光明的一日。

  第二，现代的青年，应该在痛苦的方面活动，不要在欢乐的方面活动。本来苦乐两境，是比较的，不是绝对的。哪个苦？哪个乐？全靠各人的主观去判定他，本没有一定标准的。我从前曾发过一种谬想，以为人生的趣味就在苦中求乐，受苦是人生本分，我们青年应该练忍苦的本领。后来觉得大错。避苦求乐，是人性的自然，背着自然去做，不是勉强，就是虚伪。这忍苦的人生观，是勉强的人生观，虚伪的人生观。那求乐的人生观，才是自然的人生观，真实的人生观。我们应该顺应自然，立在真实上，求得人生的光明，不可陷入勉强、虚伪的境界，把真正人生都归幻灭。但是，求乐虽是人性的自然，苦境总缘着这乐境发生，总来缠绕，这又当怎样摆脱呢？关于此点，我却有一个新见解，可是妥当与否，我自己还未敢自信。我觉得人生求乐的方法，最好莫过于尊重劳动。一切乐境，都可由劳动得来，一切苦境，都可由劳动解脱。劳动的人，自然没有苦境跟着他。这个道理，可以由精神的物质的两方面说。劳动为一切物质的富源，一切物品，都是劳动的结果。我们凭的几，坐的椅，写字用的纸笔墨砚，乃至吃的米，饮的水，穿的衣，没有一样不是从劳动中得来。这是很容易晓得的。至于精神的方面，一切苦恼，也可以拿劳动去排除他，解脱他。这一点一般人却是多不注意。一个人一天到晚，无所事事，这个境界的本身，已竟是大苦；而在无事的时间，一切不正当的欲望，没趣味的思索，都乘隙而生；疲敝陈惰的血分，周满于身心，一切悲苦烦恼，相因而至，于是要想个消遣的法子。这消遣的法子，除去劳动，便没有正当的法则。吃喝嫖赌，真是苦中苦的魔窟，把宝贵的人生，都消磨在这个中间，岂不可惜！岂不可痛！堕落在这里的人，都是不知道尊重劳动，不知道劳动中有无限的快乐，所以才误入迷途了。青年呵！你们要晓得劳动的人，实在不知道苦是什么东西。譬如身子疲乏，若去劳动一时半刻，顿得非常的爽快。隆冬的时候，若是坐着洋车出门，把浑身冻得战栗，若是步行走个十里五里，顿觉周身温暖。免苦的好法子，就是劳动。这叫作尊劳主义。这样讲来，社会上的人，若都本着这尊劳主义去达他们人生的目的，世间不就没有什么苦痛了吗？你为何又说要我们青年在苦痛方面活动呢？此问甚是。但是现在的社会，持尊劳主义的人很少，而且社会的组织不良，少数劳动的人，所得的结果，都被大多数不劳动的人掠夺一空。劳动的人，仍不免有苦痛，仍不免有悲惨，而且最苦痛最悲惨的人，恐怕就是这些劳动的人。所以我们要打起精神来，寻着那苦痛悲惨的声音走。我们要晓得痛苦的人，是些什么人？痛苦的事，是些什么事？痛苦的原因，在什么地方？要想解脱他们的苦痛，应该用什么方法？我们不能从苦痛里救出他们，还有谁何能救出他们，肯救出他们？常听假慈悲的人说，这个苦痛悲惨的地方，我们真是不忍去，不忍看。但是我们青年朋友们，却是不忍不去，不忍不看，不忍不援手，把他们提醒，大家一齐消灭这苦痛的原因呵！

第三，现代的青年，也应在黑暗的方面活动，不要专在光明的方面活动。人生的努力，总向光明的方面走，这是人类向上的自然动机，但是世间果然到了光明的机运，无一处不是光明？我们在这光明中享尽人生之乐，岂不是一大幸事？无如世间的黑暗，仍旧遍在，许多的同胞，都陷溺到黑暗中间，我们焉能独自享受光明呢？同胞都在黑暗里面，我们不去援救他们，却自找一点不沾泥土的地方，偷去安乐，偷去清洁，那种光明，究竟能算得光明么？那种幸福，究竟能算得幸福么？旧时代的青年讲修养的，犹且有"先忧后乐"的话，新时代的青年，单单做到"独善其身"、"洁身自好"的地步，能算尽了责任的人么？俄国某诗人训告他们青年说："毁了你的巢居，离开你的父母，你要独立自营，保信你心的清白与自然，那里有悲惨愁苦的声音，你到那里去活动。"这话真是现代青年的宝训，真是现代青年的警钟。我们睁开眼看！那些残杀同胞的兵士们，果真都是他们自己愿做这样残暴的事情么？杀人果真是他们的幸福么？他们就没有一段苦情不平，为一般人所不知道的么？他们的背后，果真没有什么东西逼他们去作杀人野兽么？那么倚门卖笑的娼妓们，果真都是他们自己愿做这样丑贱的事情么？卖笑果真是他们的幸福么？他们就没有一段苦情不平，为一般人所不知道的么？他们的背后，果真没有什么东西迫他们去作辱身的贱业么？那些监狱里的囚犯们，果真都是他们自己愿作罪恶的事么？他们做的犯法的事，果真是罪恶么？他们所受的刑罚，果真适当他们的罪恶么？他们就没有一段苦情不平，为一般人所不知道的么？他们的背后，果真没有什么东西逼他们陷于罪恶或是受了冤枉么？再看巷里街头老幼男女的乞丐们，冻馁的战抖在一堆，一种求爷叫奶的声音，最是可怜，一种秽垢惰丧的神气，最是伤心，他们果真愿作这可耻的态度丝毫不觉羞耻么？他们堕落到这个样子，果真都因为他们是天生的废材么？他们就没有一段苦情不平，为一般人所不知道的么？他们的背后，果真没有什么东西逼他们不得不如此么？由此类推，社会上一切陷于罪恶、堕落、秽污、黑暗的人，都不必全是他们本身的罪过。谁都是爹娘生的，谁都有不灭的人性，我们不可把他们看作洪水猛兽，远远的躲避他们。固然在黑暗的里面，潜藏着许多恶魔毒菌，但是防疫的医生，虽有被传染的危险，也是不能不在恶疫中奋斗。青年呵！只要把你的心放在坦白清明的境界，尽管拿你的光明去照澈大千的黑暗，就是有时困于魔境，或竟作了牺牲，也必有良好的效果，发生出来。只要你的光明永不灭绝，世间的黑暗，终有灭绝的一天。

白马湖之冬

夏丏尊

在我过去四十余年的生涯中,冬的情味尝得最深刻的要算十年前初移居的时候了。十年以来,白马湖已成了一个小村落,当我移居的时候,还是一片荒野,春晖中学的新建筑巍然矗立于湖的那一面,湖的这一面的山脚下是小小几间新平屋,住着我和刘君心如两家。此外两三里内没有人烟。一家人于阴历十一月下旬从热闹的杭州移居于这荒凉的山野,宛如投身于极带中。

那里的风,差不多日日有的,呼呼作响,好像虎吼,屋宇虽系新建,构造却极粗率,风从门窗隙缝中来,分外尖削,把门缝窗隙厚厚地用纸糊了,椽缝中却仍有透入。风刮得厉害的时侯,天未夜就把大门关上,全家吃毕夜饭即睡入被窝里,静听寒风的怒号,湖水的澎湃。靠山的小后轩,算是我的书斋,在全屋子中是风最少的一间,我常把头上的罗宋帽拉得低低的在洋灯下工作至深夜。松涛如吼,霜月当窗,饥鼠吱吱在承尘上奔窜,我于这种时候,深感到萧瑟的诗趣,常独自拨划着炉灰,不肯就睡,把自己拟诸山水画中的人物,作种种幽邈的遐想。

现在白马湖到处都是整个儿的,从上山起直要照到下山为止。在太阳好的时候,只要不刮风,那真和暖得不像冬天。一家人都坐在庭间曝日,甚至于吃午饭也在屋外,像夏天的晚饭一样,日光晒到哪里就把椅凳移到哪里,忽然寒风来了,只好逃难似地各自带了椅凳逃入室中,急急把门关上。在平常的日子,风来大概在下午快要傍晚的时侯,半夜即息,至于大风寒,那是整日夜狂吼,要二三日才止的。最严寒的几天,泥地看去惨白如水门汀,山色冻得发紫而黯，湖波泛深蓝色。

下雪原是我所不憎厌的，下雪的日子，室内分外明亮，晚上差不多不用燃灯。远山积雪，足供我半个月的观看，举头即可从窗中望见。可是究竟是南方，每冬下雪不过一二次，我在那里所日常领略的冬的情味，几乎都从风来。白马湖的所以多风，可以说是有着地理上的原因的，那里环湖原都是山，而北首却有一个半里阔的空隙，好像故意张了袋口欢迎风来的样子，白马湖的山水，和普通的风景地相差不远，唯有风却与别的地方不同。风的多和大，凡是到过那里的人都知道的。风在冬季的感觉中，自古占着重要的因素，而白马湖的风尤其特别。

现在，一家傲居上海多日了，偶然于夜深人静时听到风声的时侯，大家就要提起白马湖来，说："白马湖不知今夜又刮得怎样厉害哩！"

幽默的叫卖声

夏丏尊

住在都市里，从早到晚，从晚到早，不知要听到多少种类多少次数的叫卖声。深巷的卖花声是曾经入过诗的，当然富于诗趣，可惜我们现在实际上已不大听到。寒夜的"茶叶蛋""细沙粽子""莲心粥"等等，声音发沙，十之七八似乎是"老枪"的喉咙，困在床上听去颇有些凄清。每种叫卖声，差不多都有着特殊的情调。

我在这许多叫卖者中，发现了两种幽默家。

一种是卖臭豆腐干的。每日下午五六点钟，弄堂口常有臭豆腐干担歇着或是走着叫卖，担子的一头是油锅，油锅里现炸着臭豆腐干，气味臭得难闻。卖的人大叫"臭豆腐干！""臭豆腐干！"态度自若。

我以为这很有意思。"说真方，卖假药"，"挂羊头，卖狗肉"，是世间一般的毛病，以香相号召的东西，实际往往是臭的。卖臭豆腐干的居然不欺骗大众，自叫"臭豆腐干"，把"臭"作为口号标语，实际的货色真是臭的。言行一致，名副其实，如此不欺骗别人的事情，怕世间再也找不出来了吧！我想。

"臭豆腐干！"这呼声在欺诈横行的现世，俨然是一种愤世嫉俗的激越的讽刺！

还有一种是五云日升楼卖报者的叫卖声，那里的卖报的和别处不同，没有十多岁的孩子，都是些三四十岁的老枪瘪三，身子瘦得像腊鸭，深深的乱头发，青屑屑的烟脸，看去活像个鬼。早晨是看不见他们的，他们卖的总是夜报。傍晚坐电车打那儿经过，就会听到一片发沙的卖报声。

他们所卖的似乎都是两个铜板的东西，如《新夜报》《时报》《号外》之类。叫卖的方法很特别，他们不叫"刚刚出版××报"，却把价目和重要新闻标题连在一起，叫起来的时候，老是用"两个铜板"打头，下面接着"要看到"三个字，再下去是当日的重要的国家大事的题目，再下去是一个"哪"字。"两个铜板要看到十九路军反抗中央哪！"在福建事变起来的时候，他们就这样叫。"两个铜板要看到日本副领事在南京失踪哪！"藏本事件开始的时候，他们就这样叫。

在他们的叫卖声里任何国家大事都只要花两个铜板就可以看到，似乎任何国家大事都只值两个铜板的样子。我每次听到，总深深地感到冷酷的滑稽情味。

"臭豆腐干！""两个铜板要看到××××哪！"这两种叫卖者颇有幽默家的风格。前者似乎富于热情，像个矫世的君子；后者似乎鄙夷一切，像个玩世的隐士。

一 种 云

瞿秋白

天总是皱着眉头。太阳光如果还射得到地面上,也总是稀微的淡薄的。至于月亮,那更不必说,只是偶然露出半面,用他那惨淡的眼光看一看罪孽的人间,这是孤儿寡妇的眼光,眼睛里含着总算还没有流完的眼泪。受过不止一次封禅大典的山岳,至少有大半截是上了天,只留一点山脚给人看。黄河、长江……据说是中国文明的父母,也不知道怎么变了心,对于他们的亲生骨肉,都摆出一副冷酷的面孔。从春天到夏天,从秋天到冬天,这样一年年的过去,淫虐的雨,凄厉的风和肃杀的霜雪更番地来去,一点儿光明也没有。这样的漫漫长夜,已经二十年了。这都是一种云在作祟。那云为什么这样屡次三番地摧残光明?那云是从什么地方来的?这是太平洋上的大风暴吹过来的,这是大西洋上的狂飓吹过来的。还有那些模糊的血肉——榨床底下淌着的模糊的血肉蒸发出来的。那些会画符的人——会写借据,会写当票的人,就用这些符箓在呼召。那些吃泥土的土蜘蛛,——虽然死了也不过只要六尺土地葬他的贵体,可是活着总要吃住这么一二百亩三百亩田地,——这些土蜘蛛就用屁股在吐着。那些肚里装着铁心肝铁肚肠的怪物,又竖起了一根根的烟囱在喷着。狂飓风暴吹过来的,血肉蒸发出来的,符箓呼召来的,屁股吐出来的,烟囱喷出来的,都是这种云。这是战云。

难怪总是漫漫的长夜了!

什么时候才黎明呢?

看那刚刚发现的虹。祈祷是没有用的了。只有自己去做雷公公电闪娘娘。那虹发现的地方，已经有了小小的雷电，打开了层层的乌云，让太阳重新照到紫铜色的脸。如果是惊天动地的霹雳——这可只有你自己做了雷公公电闪娘娘才办得到，如果那小小的雷电变成惊天动地的霹雳，那才拨得开满天的愁云惨雾。

能 与 为

邹韬奋

　　一人事业上之成就与其能力为正比例；且自文明进步，分工愈精，则能力之专门化亦愈密，能于此者未必亦能于彼，故与事业之成就为正比例的能力，尚须注意其所专者是否适合于其所为。果有相当的能力，而此相当的能力又适合于所做的事业，其效率之增高，业务之发展，实意中事，在社会方面之兴盛繁荣，全恃此种事业获得此种人材；在个人方面之感觉兴味与愉快，亦全恃此种人材有机会尽心竭力于此种事业。此即所谓"能其所为"与"为其所能"合而为一。故有志于某种事业者，与其临渊羡鱼，毋宁退而结网，结网无他，即当对于此某业所需要之能力先加以充分的准备。昔人所谓"水到渠成"，所谓"左右逢源"，都是有了充分准备以后的亲切写真。

　　能力之养成，常有待于实际应付问题与处理事务时之虚怀默察，及领悟窍诀。故"学"与"为"常可兼程并进，互有裨益。在此原则下，虽最初有所未能，或能而未精，只须肯存心学习，未尝不可由"为"而"能"，古往今来有不少对社会有重大贡献的人物，虽未有领受正式教育之机会，而犹能利用其天赋，由困知勉行而卓然有所树立者，都是由这条路上走出来的。不过要走得上这条路，一下走不到康庄大道，必须不厌曲径小路之麻烦；换句话说，即勿因事小而不屑为，当知"百尺高楼从地起"，天下决无一蹴即成之事，亦未有一学即能之业，无不从一点一滴的知识经验积聚而成，若小事尚不能为，安见其能为大事？

　　尤可悯者为虽"能"而不"为"，一种事业所以能有特殊超卓的成绩，全恃从事者以满腔热诚全副精力赴之。若因循苟且，敷衍暇逸，即有能力，无所表现，虽有能为之能，等于不能，虽有可能，永为不可能。这种毛病，不在相当知识之无有，实在良好品性之缺乏——尤其是服务的精神与忠于所业的态度。还有一个大病根，便是畏难。这种人仅见他人之成功，而不知他人之成功实经过无数次之失败，实尝过无数次之艰苦。常人但见成功之际之愉快，不见苦斗时代之紧张；但闻目前的欢声，岂知已往的慨叹？任何事业的成功史中必有一段伤心史，诚以艰苦困难实为成功必经的阶段，尤以创业者为甚，虽已有"能"，在创业时期中必须靠自己打出一条生路来，艰苦困难即此一条生路上必经之途径，一旦相遇，除迎头搏击外无他法，若畏缩退缩，即等于自绝其前进。

不能而妄为，其为害超过虽能而不为，盖一则消极的无所成而已，一则积极的闯祸。此类人既不屑学习，又不自量力，好虚荣而不顾实际，善大言而不知自惭，阻碍贤路，贻害社会，决无自省之日，徒有忮求之心，怨天尤人，永难觉悟。自知未能者尚可使其能，实际无能而自以为有能或甚至自以为有大能，轻举妄动，虽至失败而尚不知其致败之由，乃真无可救药。

"去"、"来"、"今"

王统照

感受，在事物时间的当前引起心情的抖动，不算生活的奢靡，也不算精神上的浪费。不见？小姑娘在高坡上撷得一枝山花便欣然地忘了疲苦，汗流浃背的劳人有时还得哼几句不成腔调的皮簧——他们绝不会因一枝山花，几句剧词，便容易忘怀了世间的痛苦，得到这一瞬间的享受也麻醉不了他们的灵魂，除非环境能给他们安排下只有快乐，没有悲苦激刺的人世。"夫有劝，有沮，有喜，有怒，然后有间而可人。"悲欢忧喜的交织，正是人间竞争奋进的机键，盈于此则缺于彼；有的承受便有的进展。是人生谁也逃不出自然的圈套，当然，其间有高下，好坏的分别相。

说过去的一切不值得追忆和怀想，像是勇者？当前！当前！再来一个当前！"逝者如斯"，在当前的催逼急迫之下你还有余暇，还有丢不掉的闲情向过去凝思？这是懦弱心理的表现。为未来，我们都为未来努力，冲上前去（或者换四个更动人的字是"迎头赶上"）！向回头看，对已往的足够还在联想上留一点点迟回的念头，那，你便是勇气不够，是落伍者。……对于这样"气盛言宜"的责备与鼓励，分辨不得，解说不了，除却低首无语外能有甚么答复？不过"逝者如斯"，因有已逝的"过去"，才分外对正在逝的"现在"加意珍惜；加意整顿全神对它生发出甚深的感动；同时也加意倾向于不免终为逝者的"未来"。这正是一条韧力的链环，无此环彼环何能套牢，只有一个环根本上成不了有力的链子。打断"过去"，说现在只是现在，那末，这两个字便有疑义，对未来的信念亦易动摇。我们不能轻视了名词；有此名词它必有所附丽，无其事，无其意义，完全泯灭了痛迹,以为一切都像美猴王从石头缝里迸出来地,那么迅速,神奇,不可思议;以为我们凭空能创造出世间的奇迹?现在,现在,以为惟此二字是推动文化的法宝,那未免看得太容易了?

据说生活力基于物理学原则的原子运动。而为运动主因的则在原子中"牵引""反拨"两种力量的起伏。一方显露出成为现势力,一方隐藏着成为潜势力,而势力的总量始终不变。两者共同存在,共同作力之运动,方能形成生活现象。时间,在一切生活现象中谁能否认它那伟大的力量。"一弹指顷去来今",先有所承,后有所启,不必讲甚么演化的史迹,人类的精神作用,如果抹去了时间,那有作用的领域便有限得很;人类的思与感如果没有相当的刺激与反应,思与感是否还能存在?有欲望,兴趣的探索,推动,方能有努力的获得。他的"嗜好的灵魂"绝不是无因而至,要把这些欲望,兴趣,引动起来,向"现在"深深投入,把握得住,对"未来"映现出一条光亮道路。我们无论怎样武断,哪能把隐藏的潜势力看做无足轻重,亚里士多德主张"宇宙的历程是一种实现的历程(Process of Realization)",历程须有所经,讲实现岂能蔑视了已成"过去"的却仍在隐藏着的潜力。不过,这并非只主张保守一切与完全作骸骨迷恋的,——只知过去不问现在者所可藉口。

在明丽的光景中,"过去"曾给我的是一片生机,是欣欣向荣,奋发活动的兴趣。那刚从碧海里出浴的阳光;那四周都像忻忻微笑的面容;那在氛围中遏抑不住,掩藏不了的青春生活力的迸跃,过去么?年光不能倒流,无尽的时间中几个年头又是若何的迅速,短促!但轻烟柳影,啼鸟,绿林,海潮的壮歌,苍天的明洁,自然界与生物的黏着,密接,酝酿,融和,过去么?触于目,动于心,激奋的"嗜好的灵魂"中⋯⋯一样把生力的跃动包住我的全身,挑起我的应感。

虽然,世局的变迁,人间的纠纷,几个年头要拢总来作一个总和，难道连一点"感慨山河艰难戎马"的真感都没有，只会发幻念里呆子的"妄想"？是的，朋友！只要我们不缺少生力的活跃，不处处时时只作徒然地"溅泪惊心"的空梦，在悲苦失望间把生力渐渐销沉，渐渐淡化了去，——只凭焦灼，悲愁，未必便能增加多少向前冲去的力量罢？——对"过去"的印证还存有信心；"现在"的感受更提高了气力，"将来"，我们应分毫不迟疑，毫不犹豫地相信抓在我们的手中！何以故？因为还有我们生命力的存在，何以故？因为不曾丧失了我们的潜力；何以故？我们不消极地只是悲苦凄叹把日子空空度去！

在行道时，一样的残春风物却一样把过去的生命力在我的思念与感受中重交与我，他们正像是 Raised new mountains and spread delicious valleys for me（G. Eliot 的话），虽然说是"新的"、因为"过去"的印证却分外增强了我的认识与奋发。朋友，我希望不要用生活的奢靡与精神上的浪费两句来责备我。

我永远相信"去，来，今"三者是人间世一串有力的链环。

芦沟晓月

王统照

苍凉自是长安日,呜咽原非陇头水。

这是清代诗人咏芦沟桥的佳句,也许,长安日与陇头水六字有过分的古典气息,读去有点碍口?但,如果你们明了这六个字的来源,用联想与想象的力量凑合起,提示起这地方的环境,风物,以及历代的变化,你自然感到像这样"古典"的应用确能增加芦沟桥的伟大与美丽。

打开一本详明的地图,从现在的河北省、清代的京兆区域里你可找得那条历史上著名的桑干河。在外古的战史上,在多少吊古伤今的诗人的笔下,桑干河三字并不生疏。但,说到治水、㶟水、漯水这三个专名似乎就不是一般人所知了。还有,凡到过北平的人,谁不记得北平城外的永定河;——即不记得永定河,而外城的正南门,永定门,大概可说是"无人不晓"罢。我虽不来与大家谈考证,讲水经,因为要叙叙芦沟桥,却不能不谈到桥下的水流。

治水,㶟水,漯水,以及俗名的永定河,其实都是那一道河流——桑干。

还有,河名不甚生疏,而在普通地理书上不大注意的是另外一道大流——浑河。浑河源出浑源,距离著名的恒山不远,水色浑浊,所以又有小黄河之称。在山西境内已经混入桑干河,经怀仁,大同,委弯曲折,至河北的怀来县。向东南流入长城,在昌平县境的大山中如黄龙似的转入宛平县境,二百多里,才到这条巨大雄壮的古桥下。

原非陇头水,是不错的,这桥下的汤汤流水,原是桑干与浑河的合流；也就是所谓治水，漯水，漯水，永定河与浑河，小黄河，黑水河（浑河的俗名）的合流。

桥工的建造既不在北宋的时代，也不开始于蒙古人的占据北平。金人与南宋南北相争时，于大定二十九年六月方将这河上的木桥换了，用石料造成。这是见之于金代的诏书，据说："明昌二年三月桥成，敕命名广利，并建东西廊以便旅客。"

马哥勃罗来游中国，服官于元代的初年，他已看见这雄伟的工程，曾在他的游记里赞美过。

经过元明两代都有重修，但以正统九年的加工比较伟大，桥上的石栏，石狮，大约都是这一次重修的成绩。清代对此桥的大工役也有数次，乾隆十七年与五十年两次的动工，确为此桥增色不少。

"东西长六十六丈，南北宽二丈四尺，两栏宽二尺四寸，石栏一百四十，桥孔十有一，第六孔适当河之中流。"

按清乾隆五十年重修的统计，对此桥的长短大小有此说明，使人（没有到过的）可以想象它的雄壮。

从前以北平左近的县分属顺天府，也就是所谓京兆区。经过名人题咏的，京兆区内有八种胜景：例如西山霁雪，居庸叠翠，玉泉垂虹等，都是很幽美的山川风物。芦沟不过有一道大桥，却居然也与西山居庸关一样刊入八景之一，便是极富诗意的"芦沟晓月"。

本来，"杨柳岸晓风残月"是最易引动从前旅人的感喟与欣赏的凌晨早发的光景；何况在远来的巨流上有这一道雄伟壮丽的石桥；又是出入京都的孔道，多少官吏，士人，商贾，农，工，为了事业，为了生活，为了游览，他们不能不到这名利所萃的京城，也不能不在夕阳返照，或东方未明时打从这古代的桥上经过。你想：在交通工具还没有如今迅速便利的时候，车马，担簦，来往奔驰，再加上每个行人谁没有忧、喜、欣、戚的真感横在心头，谁不为"生之活动"的精神上负一份重担？盛景当前，把一片壮美的感觉移入渗化于自己的忧喜欣戚之中，无论他是有怎样的观照，由于时间与空间的变化错综，面对着这个具有崇高美的压迫力的建筑物，行人如非白痴，自然以其鉴赏力的差别，与环境的相异，生发出种种的触感。于是留在他们的心中，或留在借文字绘画表达出的作品中，对于芦沟桥三字真有很多的酬报。

不过，单以"晓月"形容芦沟桥之美，据传说是另有原因：每当旧历的月尽头（晦日），天快晓时，下弦的钩月在别处还看不分明，如有人到此桥上，他偏先得清光。这俗传的道理是否可靠，不能不令人疑惑。其实，芦沟桥也不过高起一些，难道同一时间在西山山顶，或北平城内的白塔（北海山上）上，看那晦晓的月亮，会比芦沟桥上不如？不过，话还是不这么拘板说为妙，用"晓月"陪衬芦沟桥的实是一位善于想象而又身经的艺术家的妙语，本来不预备后人去作科学的测验。你想："一日之计在于晨，"何况是行人的早发。朝气清蒙，烘托出那钩人思感的月亮——上浮青天，下嵌白石的巨桥。京城的雉堞若隐若现，西山的云翳似近似远，大野无边，黄流激奔，……这样光，这样色彩，这样地点与建筑，不管是料峭的春晨，凄冷的秋晓，景物虽然随时有变，但若无雨雪的降临，每月末五更头的月亮，白石桥，大野，黄流，总可凑成一幅佳画，泻染飘浮于行旅者的心灵深处，发生出多少样反射的美感。

你说：偏以"晓月"陪衬这"碧草芦沟"（清刘履芬的《鸥梦词》中有长亭怨一阕，起语是：叹销春间关轮铁，碧草芦沟，短长程接），不是最相称的"妙境"么？

无论你是否身经其地，现在，你对于这名标历史的胜迹，大约不止于"发思古之幽情"罢？其实，即以思古而论也尽够你深思，咏叹，有无穷的兴感！何况血痕染过那些石狮的鬓鬣，白骨在桥上的轮迹里腐化，漠漠风沙，呜咽河流，自然会造成一篇悲壮的史诗。就是万古长存的"晓月"也必定对你惨笑，对你冷觑，不是昔日的温柔，幽丽，只引动你的"清念"。

桥下的黄流，日夜呜咽，泛把着青空的灏气，伴守着沉默的郊原。……

他们都等待着有明光大来与洪涛冲荡的一日——那一日的清晓。

向光明走去

郑振铎

谁都喜爱光明的。虽然也许有些人和动物常要躲在黑暗之中，以便实行他们的阴险计划的，但那是贼，是恶人，是鸱，是蝙蝠，是狐。凡是人，是正直的人或物，总是喜爱光明，总是要向光明走去的。

黑漆漆的夜，独自走在路上，一点的星光，月光，灯光都没有，我们心里真有些怕。夏天的暴雨之前，天都乌黑了，无论孩子大人，心里也总多少有些凛凛然的，好像天空要有什么异样的变动。山寺的幽斋中，接连的落了几天的雨，天空是那样的灰暗，谁都要感到些凄楚之意。

但是太阳终于来了。接着夜而来的是白昼，接着暴雨而来的是晴光，接着灰暗之天空的是蔚蓝色的天空。那时，不知不觉的会有一阵慰安快乐的感觉，渗入每个人的心里，会有一种勇往活泼的精神，笼罩在每个人的脸上。

在黑暗中走着的人，在夏雨中的人，在灰暗的天空之下的人，总要相信光明的必定到来。因为继于夜之后的一定是白昼。夜来了，白昼必定不远的。继于阴雨之后的，一定是阳光之天。雨来了，太阳必定是已躲在雨云之后的。

那些只相信有阴雨之天，只相信有夜的人，且让他们去。我们是相信着白昼，相信着阳光之必定到来的。

现在，我们是什么样的时代呢？我猜一定不会错，每个人一听到这句问话，都必定要皱着眉头，在心里叹着气答道："黑暗时代！"

是的，是的，现在是黑暗时代。

政治上，社会上，国际上，家庭上，有多少浓厚的阴影罩着！且不必多说，这许多。许多黑暗的事实，一时也诉说不尽。

但是"光明"已躲在这些"黑暗"之后了！我们要相信光明一定会到来。我们不仅相信，我们还要迎着光明走去！譬如黑夜独行，坐在路旁等天亮，那是很可羞；如果惧怕黑夜而躲进小岩洞或小屋之内，那更是可耻。

我们相信光明必定会到来，我们迎上去，我们向着他走去！

在黑夜里，踽踽的走着，到了天亮时，我们走到目的地了，那是多末快慰的事呀！

那些见黑暗而惧怕，而失望的，让他们永躲在黑暗里吧；那些只相信有黑暗而不相信有光明的，也让他们的生活于黑暗之洞里吧。我们如果是相信"光明"的，我们便要鼓足了勇气，不怖不懈，向着光明走去。

我们不彷徨，我们不回顾。人类是永续不断的一条线，人间社会是永续不断的努力的结果。我们虽住在黑暗之中，我们应努力在黑暗中进行，但也许我们自身，是见不到光明的。人类全体永续不断的向着光明走去，光明是终于会到来的。

走去，走去，向着光明走去。

光明终于是要到来的！

忆卢沟桥

许地山

记得离北平以前,最后到卢沟桥,是在二十二年的春天。我与同事刘兆蕙先生在一个清早由广安门顺着大道步行,经过大井村,已是十点多钟。参拜了义井庵的千手观音,就在大悲阁外少憩。那菩萨像有三丈多高,是金铜铸成的,体相还好,不过屋宇倾颓,香烟零落,也许是因为求愿的人们发生了求财赔本求子丧妻的事情罢。这次的山游本是为访求另一尊铜佛而来的。我听见从宛平城来的人告诉我那城附近有所古庙塌了,其中许多金铜佛像,年代都是很古的。为知识上的兴趣,不得不去采访一下。大井村的千手观音是有著录的,所以也顺便去看看。

出大井村,在官道上,巍然立着一座牌坊,是乾隆四十年建的。坊东面额书"经环同轨",西面是"荡平归极"。建坊的原意不得而知,将来能够用来做凯旋门那就最合宜不过了。

春天的燕郊,若没有大风,就很可以使人流连。树干上或土墙边蜗牛在画着银色的涎路。它们慢慢移动,像不知道它们的小介壳以外还有什么宇宙似的。柳塘边的雏鸭披着淡黄色的氄毛,映着嫩绿的新叶;游泳时,微波随蹼翻起,泛成一弯一弯动着的曲纹,这都是生趣的示现。走乏了,且在路边的墓园少住一回。刘先生站在一座很美丽的窣堵坡上,要我给他拍照。在榆树荫覆之下,我们没感到路上太阳的酷烈。寂静的墓园里,虽没有什么名花,野卉倒也长得顶得意的。忙碌的蜜蜂,两只小腿粘着些少花粉,还在采集着。蚂蚁力争一条烂残的蚱蜢腿,在枯藤的根本上争斗着。落网的小蝶,一片翅膀已失掉效用,还在挣扎着。这也是生趣的示现,不过意味有点不同罢了。

闲谈着,已见日丽中天,前面宛平城也在域之内了。宛平城在卢沟桥北,建于明崇祯十年,名叫"拱北城",周围不及二里,只有两个城门,北门是顺治门,南门外便是永昌门。清改拱北为拱极,永昌门为威严门。南门外便是卢沟桥。拱北城本来不是县城,前几年因为北平改市,县衙才移到那里去,所以规模极其简陋。从前它是个卫城,有武官常驻镇守着,一直到现在,还是一个很重要的军事地点。我们随着骆驼队进了顺治门,在前面不远,便见了永昌门。大街一条,两边多是荒地。我们到预定的地点去探访,果见一个庞大的铜佛像头和些铜像残体横陈在县立学校里的地上。拱北城内原有观音庵与兴隆寺,兴隆寺内还有许多已无可考的广慈寺的遗物,那些铜究竟是属于哪寺的也无从知道。我们摩挲了一回,才到卢沟桥头的一家饭店午膳。

自从宛平县署移到拱北城,卢沟桥便成为县城的繁要街市。桥北的商店民居很多,还保存着从前中原数省入京孔道的规模。桥上的碑亭虽然朽坏,还矗立着。自从历年的内战,卢沟桥更成为戎马往来的要冲,加上长辛店战役的印象,使附近的居民都知道近代战争的大概情形,连小孩也知道飞机,大炮,机关枪都是做什么用的。到处墙上虽然有标语贴着的痕迹,而在色与量上可不能与卖药的广告相比。推开窗户,看着永定河的浊水穿过疏林,向东南流去,想起陈高的诗:"卢沟桥西车马多,山头白日照清波。毡卢亦有江南妇,愁听金人出塞歌。"清波不见,浑水成潮,是记述与事实的相差,抑昔日与今时的不同,就不得而知了。但想像当日桥下雅集亭的风景,以及金人所掠江南妇女,经过此地的情形,感慨便不能不触发了。

从卢沟桥上经过的可悲可恨可歌可泣的事迹,岂止被金人所掠的江南妇女一件?可惜桥栏上蹲着的石狮子个个只会张牙咧眦结舌无言,以致许多可以稍留印迹的史实,若不随蹄尘飞散,也教轮辐压碎了。我又想着天下最有功德的是桥梁。它把天然的阻隔连络起来，它从这岸度引人们到那岸。在桥上走过的是好是歹，于它本来无关，何况在上面走的不过是长途中的一小段，它哪能知道何者是可悲可恨可泣呢？它不必记历史，反而是历史记着它。卢沟桥本名广利桥，是金大定二十七年始建，至明昌二年（公元一一八九至一一九二）修成的。它拥有世界的声名是因为曾入马哥博罗的记述。马哥博罗记作"曾利桑乾"，而欧洲人都称它作"马哥博罗桥"，倒失掉记者赞叹桑乾河上一道大桥的原意了。中国人是擅于修造石桥的，在建筑上只有桥与塔可以保留得较为长久。中国的大石桥每能使人叹为鬼役神工，卢沟桥的伟大与那有名的泉州洛阳桥和漳州虎渡桥有点不同。论工程，它没有这两道桥的宏伟，然而在史迹上，它是多次系着民族安危。纵使你把桥拆掉，卢沟桥的神影是永不会被中国人忘记的。这个在"七七"事件发生以后，更使人觉得是如此。当时我只想着日军许会从古北口入北平，由北平越过这道名桥侵入中原，决想不到火头就会在我那时所站的地方发出来。

在饭店里，随便吃些烧饼，就出来，在桥上张望。铁路桥在远处平行地架着。驮煤的骆驼队随着铃铛的音节整齐地在桥上迈步。小商人与农民在雕栏下作交易上很礼貌地计较。妇女们在桥下浣衣，乐融融地交谈。人们虽不理会国势的严重，可是从军队里宣传员口里也知道强敌已在门口。我们本不为做间谍去的，因为在桥上向路人多问了些话，便教警官注意起来，我们也自好笑。我是为当事官吏的注意而高兴，觉得他们时刻在提防着，警备着。过了桥，便望见实柘山，苍翠的山色，指示着日斜多了几度，在砾原上流连片时，暂觉晚风拂衣，若不回转，就得住店了。"卢沟晓月"是有名的。为领略这美景，到店里住一宿，本来也值得，不过我对于晓风残月一类的景物素来不大喜爱。我爱月在黑夜里所显的光明。晓月只有垂死的光，想来是很凄凉的。还是回家罢。

我们不从原路去，就在拱北城外分道。刘先生沿着旧河床，向北回海甸去。我捡了几块石头，向着八里庄那条路走。进到阜城门，望见北海的白塔已经成为一个剪影贴在洒银的暗蓝纸上。

生

巴 金

死是谜,有人把生也看作一个谜。

许多人希望知道生,更甚于愿意知道死。而我则不然,我常常想了解死,却没有一次对于生起过疑惑。

世间有不少的人喜欢拿"生是什么"、"为什么生"的问题折磨自己,结果总是得不到解答而悒郁地死去。

真正知道生的人大概是有的;虽然有,也不会多。人不了解生,但是人依旧活着。而且有不少的人贪恋生,甚至做着永生的大梦:有的乞灵于仙药与术士,有的求助于宗教与迷信;或则希望白日羽化,或则祷祝上登天堂。在活着的时候为非作歹,或者茹苦含辛以积来世之福——这样的人也是常有的。

每个人都努力在建造"长生塔",塔的样式自然不同,有大有小,有的有形,有的无形。有人想为子孙树立万世不灭的基业;有人愿去理想的天堂中做一位自由的神仙。然而不到多久这一切都变成过去的陈迹而做了后人凭吊唏嘘的资料了。没有一座沙上建筑的楼阁能够稳立的。这是一个很好的教训。

一百四十几年前法国大革命中的启蒙学者让·龚多塞不顾死刑的威胁,躲在巴黎卢森堡附近的一间顶楼上忙碌地写他的最后的著作,这是历史和科学的著作。据他说历史和科学就是反对死的斗争。他的书也是为征服死而著述的。所以在写下最后两句话以后,他便离开了隐匿的地方。他那两句遗言是:"科学要征服死,那么以后就不会再有人死了。"

他不梦想天堂,也不寻求个人的永生。他要用科学征服死,为人类带来长生的幸福。这样,他虽然吞下毒药,永离此世,他却比谁都更了解生了。

科学会征服死。这并不是梦想。龚多塞企图建造一座为大众享用的长生塔,他用的并不是平民的血肉,像我的童话里所描写的那样。他却用了科学。他没有成功。可是他给那座塔奠了基石。

这座塔到现在还只有那么几块零落的基石,不要想看见它的轮廓!没有人能够有把握地说定在什么时候会看见它的完成。但有一件事实则是十分确定的:有人在孜孜不倦地努力于这座高塔的建造。这些人是科学家。

生物是必死的。从没有人怀疑过这天经地义般的话。但是如今却有少数生物学者出来企图证明单细胞动物可以长生不死了。

德国的怀司曼甚至宣言:"死亡并不是永远和生物相关联的。"因为单细胞动物在养料充足的适宜的环境里便能够继续营养和生存。它的身体长大到某一定限度无可再长的时候,便分裂为二,成了两个子体。它们又自己营养,生长,后来又能自己分裂以繁殖其族系,只要不受空间和营养的限制,它们可以永远继续繁殖,长生不死。在这样的情形下面当然没有死亡。

拿草履虫为例,两个生物学者美国的吴特拉夫和俄国的梅塔尼科夫对于草履虫的精密的研究给我们证明:从前人以为分裂二百次,便现出衰老状态而逼近死亡的草履虫,如今却可以分裂到一万三千次以上,就是说它能够活到二十九年。这已经比它的平常的寿命多过七十倍。有些人因此断定说这些草履虫经过这么多代不死,便不会死了。但这也只是一个假定。不过生命的延长却是无可否认的。

关于高等动物,也有学者作了研究。现在鸡的、别的一些动物的,甚至人的组织(tissue)已经可以用人工培养了。这证明:多细胞动物体的细胞可以离开个体,而在适当的环境里生活下去,也许可以做到长生不死的地步。这研究的结果离真正的长生术还远得很,但是可以说朝这个方向前进了一步。在最近的将来,延长寿命这一层,大概是可以办到的。科学家居然在显微镜下的小小天地中看出了解决人间大问题——生之谜的一把钥匙。过去无数的人在冥想里把光阴白白地浪费了。

我并不是生物学者，不过偶尔从一位研究生物学的朋友那里学得一点点那方面的常识。但这只是零碎地学来的，而且我时学时忘。所以我不能详征博引。然而单是这一点点零碎的知识已经使我相信龚多塞的遗言不是一句空话了。他的企图并不是梦想。将来有一天科学真正会把死征服。那时对于我们，生就不再是谜了。

然而我们这一代（恐怕还有以后的几代）和我们的祖先一样，是没有这种幸运的。我们带着新的力量来到世间，我们又会发挥尽力量而归于尘土。这个世界映在一个婴孩的眼里是五光十色；一切全是陌生。我们慢慢地活下去。我们举起一杯一杯的生之酒尽情地饮下。酸的，甜的，苦的，辣的我们全尝到了。新奇的变为平常，陌生的成为熟习。但宇宙是这么广大，世界是这么复杂，一个人看不见、享不到的是太多了。我们仿佛走一条无尽长的路程，游一所无穷大的园林，对于我们就永无止境。"死"只是一个障碍，或者是疲乏时的休息。有勇气、有精力的人是不需要休息的，尤其在胜景当前的时候。所以人应该憎恨"死"，不愿意跟"死"接近。贪恋"生"并不是一个罪过。每个生物都有生的欲望。蚱蜢饥饿时甚至吃掉自己的腿以维持生存。这种愚蠢的举动是无可非笑的，因为这里有的是严肃。

俄罗斯民粹派革命家妃格念尔"感激以金色光芒洗浴田野的太阳，感激夜间照耀在花园天空的明星"，但是她终于让沙皇专制政府将她在席吕塞堡中活埋了二十年。为了革命思想而被烧死在美国电椅上的鞋匠萨珂还告诉他的六岁女儿："夏天我们都在家里，我坐在橡树的浓荫下，你坐在我的膝上；我教你读书写字，或者看你在绿的田野上跳荡，欢笑，唱歌，摘取树上的花朵，从这一株树跑到那一株，从清朗、活泼的溪流跑到你母亲的怀里。我梦想我们一家人能够过这样的幸福生活，我也希望一切贫苦人家的小孩能够快乐地同他们的父母过这种生活。"

"生"的确是美丽的,乐"生"是人的本分。前面那些杀身成仁的志士勇敢地戴上荆棘的王冠,将生命视作敝屣,他们并非对于生已感到厌倦,相反的,他们倒是乐生的人。所以奈司拉莫夫坦白地说:"我不愿意死。"但是当他被问到为什么去舍身就义时,他却昂然回答:"多半是因为我爱'生'过于热烈,所以我不忍让别人将它摧残。"他们是为了保持"生"的美丽,维持多数人的生存,而毅然献出自己的生命的。这样深的爱!甚至那躯壳化为泥土,这爱也还笼罩世间,跟着太阳和明星永久闪耀。这是"生"的美丽之最高的体现。

"长生塔"虽未建成,长生术虽未发见,但这些视死如归但求速朽的人却也能长存在后代子孙的心里。这就是不朽。这就是永生。而那般含垢忍耻积来世福或者梦想死后天堂的"芸芸众生"却早已被人忘记,连埋骨之所也无人知道了。

我常将生比之于水流。这股水流从生命的源头流下来,永远在动荡,在创造它的道路,通过乱山碎石中间,以达到那唯一的生命之海。没有东西可以阻止它。在它的途中它还射出种种的水花,这就是我们生活里的爱和恨,欢乐和痛苦,这些都跟着那水流不停地向大海流去。我们每个人从小到老,到死,都朝着一个方向走,这是生之目标,不管我们会不会走到,或者我们会在中途走入了迷径,看错了方向。

生之目标就是丰富的、满溢的生命。正如青年早逝的法国哲学家居友所说:"生命的一个条件就是消费……个人的生命应该为他人放散,在必要的时候还应该为他人牺牲……这牺牲就是真实生命的第一个条件。"我相信居友的话。我们每个人都有着更多的同情,更多的爱慕,更多的欢乐,更多的眼泪,比我们维持自己的生存所需要的多得多。所以我们必须把它们分散给别人,否则我们就会感到内部的干枯。居友接着说:"我们的天性要我们这样做,就像植物不得不开花似的,纵然开花以后便会继之以死亡,它仍旧不得不开花。"

从在一滴水的小世界中怡然自得的草履虫到在地球上飞腾活跃的"芸芸众生",没有一个生物是不乐生的,而且这中间有一个法则支配着,这就是生的法则。社会的进化,民族的盛衰,人类的繁荣都是依据这个法则而行的。这个法则是"互助",是"团结"。人类靠了这个才能够不为大自然的力量所摧毁,反而把它征服,才建立了今日的文明;一个民族靠了这个才能够抵抗其他民族的侵略而维持自己的生存。

维持生存的权利是每个生物、每个人、每个民族都有的。这正是顺着生之法则,侵略则是违反了生的法则的。所以我们说抗战是今日的中华民族的神圣的权利和义务,没有人可以否认。

这次的战争乃是一个民族维持生存的战争。民族的生存里包含着个人的生存,犹如人类的生存里包含着民族的生存一样。人类不会灭亡,民族也可以活得很久,个人的生命则是十分短促。所以每个人应该遵守生的法则,把个人的命运联系在民族的命运上,将个人的生存放在群体的生存里。群体绵延不绝,能够继续到永久,则个人亦何尝不可以说是永生。

在科学还未能把"死"完全征服、真正的长生塔还未建立起来以前,这倒是唯一可靠的长生术了。

我觉得生并不是一个谜,至少不是一个难解的谜。

我爱生,所以我愿像一个狂信者那样投身到生命的海里去。

应付环境和改变自己

王了一

一个人不能时时刻刻都和环境相宜。当环境恶劣的时候，我们不是设法来应付环境，就是设法改变自己，使自己能适应环境。适应和应付不同：适应是把自己去迎合环境，往往是顺着潮流，成为识时务的俊杰。但是"识时务者为俊杰"这一句格言早已成了"不讲气节"，"没有操守"的别名。于是志士仁人总不肯改变自己来迁就环境，并且在积极方面，还要改造环境，来迁就自己。这样一来，就变了应付环境了。

但是，应付环境不都是好事。譬如大势所趋，成了不可挽回的局面的时候，如果硬要挽回，就非弄到一败涂地不止。所谓"顺天者昌，逆天者亡"，天似无凭而实有凭，它所凭的就是人心中的真理。"天视自我民视，天听自我民听。"民视民听的天意是应该"顺"的，若用现代的话来说，就是应该"适应的"，不是应该设法来应付的。

适应是一种觉悟，应付却是一种手段。为了应付，往往不是以真理为前提，而是以利害为前提。眼看目前的难关过不了，就勉强委屈一下自己，以求渡过难关。这样，就往往是头痛医头，脚痛医脚，一个难关渡过去了，就以为天下从此太平，自己可以高枕无忧。却不知道若非彻底觉悟，彻底改变了自己，仍旧是难关重重的。

为了应付，又往往不择手段。一方面勉强委屈自己，另一方面却仍旧露出了狰狞的本来面目，以求破除障碍，或对抗潮流。这样的应付环境，竟是缘木求鱼。因为只讲应付，不知痛悔前非，真正的改变自己，结果一切应付的劳力都会成为白费的。

君子之过，如日月之食。改变自己并不是没有操守，而是非常光明正大的事。问题在乎彻底改变了自己之后，对于现有的利益不免大大的牺牲，若不是大智大勇，见义忘利的人，很难做到这一步。然而，改变自己是最简单最有效的办法；舍此不图，徒见其越应付，环境越恶劣，难关越多，终于无法应付而后已。

人生的归宿

林语堂

即将中国人的艺术及其生活予以全盘的观察,吾人总将信服中国人确为过去生活艺术的大家。中国人的生活,有一种集中现实的诚信,一种隽妙的风味,他们的生活比之西洋为和悦为切实而其热情相等。在中国,精神的价值还没有跟物质的价值分离,却帮助人们更热情的享乐各自本分中的生活。这就是我们的愉快而幽默的原因。一个非基督徒会具有一种信仰现世人生的热诚,而在一个眼界中同时包括精神的与物质的评价,这在基督徒是难于想象的。吾们同一个时间生活于感觉生活与精神生活,感觉并无不可避免的冲突。因为人精神乃用以美饰人生,俾襄助以克服吾们的感觉界所不可避免的丑恶与痛苦,但从不想逃免这个现世的生命而寻索未来生命的意义。孔子曾回答一个门人对于死的问题这样说:"未知生——焉知死?"他在这几句话中,表现其对于人生和知识问题的庸常的、非抽象的、切实的态度,这种态度构成吾们全国的生活与思想的特性。

这个见地建立了某种价值的标度。无论在智识或生活的任何方面,人生的标准即据此为基点。它说明吾们的喜悦与嫌恶心。人生的标准在吾们是一种种族的思想,无言辞可表,无庸予以定义,亦无庸申述理由。这个人生的标准本能地引导吾们怀疑都市文化而倡导乡村文化,并将此种理想输入艺术,生活的艺术与文化的艺术;使吾们嫌恶宗教玩玩佛学而从不十分接受其逻辑的结论;使吾们憎厌机械天才。这种本能的信任生命,赋予吾们一种强有力的共通意识以观察人生千变万化的变迁,与智识上的盈千累万的困难问题,这些吾们粗鲁地忽略过去了。它使吾们观察人生沉著而完整,没有过大的歪曲评价。它教导吾们几种简单的智慧，如尊敬长老，爱乐家庭生活，容忍性的束缚与忧愁生活。它使吾们着重几种普遍道德像忍耐、勤俭、谦恭、和平。它阻止狂想的过激学理的发展而使人类不致为思想所奴役。它给我们价值的意识而教导我们接受人生的物质的与精神的优点。它告诉我们，无论人类在思想上行为上怎样尽了力，一切智识的最终目的为人类的幸福。而吾们总想法使吾们在这个世界上的生活快乐，无论命运的变迁若何。

　　吾们是老大的民族。老年人的巨眼看尽了一切过去与一切现代生活的变迁，也有许多是浅薄的，也有许多对于吾们人生具有真理的意义的。吾们对于进步略有些取冷笑的态度，吾们又有些懦弱，原来吾们是老苍苍的人民了。吾们不喜在球场上奔驰突骤以争逐一皮球，吾们却欢喜闲步柳堤之上与鸣鸟游鱼为伴。人生是多么不确定，吾们倘知道了什么足以满足吾们，便紧紧把握住它，有如暴风雨的黑夜，慈母之紧紧抱住她的爱子。吾们实在并无探险北极或测量喜马拉雅山的野心。当欧美人干这些事业时，吾们将发问："吾们干这些事情为的是什么？是不是到南极去享快乐生活么？"吾们上戏院或电影院，但是在我们的心底吾们觉得一个真实小孩的笑容，跟银幕上幻象的小孩笑容一样给我们快乐。吾们把二者比较一下，于是吾们安安顿顿住在家里。吾们不信拥吻自己的爱妻定然是淡而无味，而别人的妻子一定会更显姣的，好像"家主婆是别人家的好"。当吾们泛舟湖心，则不畏爬山之苦，徘徊山麓，则不知越岭之劳。吾们今朝有酒今朝醉，眼底有花莫掉头。

　　人生譬如一出滑稽剧。有时还是做一个旁观者，静观而微笑，胜如自身参与一分子。像一个清醒了的幻梦者，吾们的观察人生，不是戴上隔夜梦景中的幻想的色彩，而是用较清明的眼力。吾们倾向于放弃不可捉摸的未来而同时把握住少数确定的事物，吾们所知道可以给予幸福于吾人者。吾们常常返求之于自然，以自然为真善美永久幸福的源泉。丧失了进步与国力，吾们还是很悠闲自得的生活着，轩窗敞启，听金蝉曼唱，微风落叶，爱篱菊之清芳，赏秋月之高朗，吾们便很感满足。

因为吾们的民族生命真已踏进了新秋的时节。在吾们的生命中，民族的和个人的，临到了一个时期，那时秋的景色已弥漫笼罩了吾们的生命，青绿混合了金黄的颜色，忧郁混合了愉快的情绪，而希望混和着回想。在吾们的生命中临到一个时期，那时春的烂漫，已成过去的回忆，夏的茂盛，已成消逝歌声的余音，只剩微弱的回响，当吾们向人生望出去，吾们的问题不是怎样生长，却是怎样切实地生活；不是怎样努力工作而是怎样享乐此宝贵的欢乐之一瞬；不是怎样使用其精力，却是怎样保藏它以备即将来临的冬季。一种意识，似已达到了一个地点，似已决定并寻获了我们所要的。一种意识似已成功了什么，比之过去的茂盛，虽如小巫见大巫，但仍不失为一些东西，譬如秋天的林木，虽已剥落了盛夏的葱郁，然仍不失林木的本质而将永续无穷。

我爱好春，但是春太柔嫩，我爱好夏，但是夏太荣夸。因是我最爱好秋，因为她的叶子带一些黄色，调子格外柔和，色彩格外浓郁，它又染上一些忧郁的神采和死的预示。它的金黄的浓郁，不是表现春的烂漫，不是表现夏的盛力，而是表现逼近老迈的圆熟与慈和的智慧。它知道人生的有限，故知足而乐天。从此"人生有限"的知识与丰富的经验，出现一种色彩的交响曲，比一切都丰富，它的青表现生命与力，它的橘黄表现金玉的内容，紫表现消极与死亡。明月辉耀于它的上面，它的颜色好像为了悲愁的回忆而苍白了，但是当落日余晖接触的时候，它仍能欣然而笔。一阵新秋的金风掠过，树叶愉快地飞舞而摇落，你真不知落叶的歌声是欢笑的歌声还是黯然销魂的歌声。这是新秋精神的歌声，平静，智慧，圆熟的精神，它微微笑着忧郁而赞美兴奋、锐敏、冷静的态度——这种秋的精神曾经辛弃疾美妙的歌咏过：

少年不识愁滋味，爱上层楼，爱上层楼，为赋新词强说愁。而今识尽愁滋味，欲说还休，欲说还休，却道天凉好个秋。

无常之恸

丰子恺

无常之恸,大概是宗教启信的出发点罢。一切慷慨的,忍苦的,慈悲的,舍身的,宗教的行为,皆建筑在这一点上。故佛教的要旨,被包括在这个十六字偈内:"诸行无常,是生灭法。生灭灭已,寂灭为乐。"这里下二句是佛教所特有的人生观与宇宙观,不足为一般人道;上两句却是可使谁都承认的一般公理,就是宗教启信的出发点的"无常之恸"。这种感情特强起来,会把人拉进宗教信仰中。但与宗教无缘的人,即使反宗教的人,其感情中也常有这种分子在那里活动着,不过强弱不同耳。

在醉心名利上,如多数的官僚,商人,大概这点感情最弱。他们仿佛被荣誉及黄金迷住了眼,急急忙忙地拉到鬼国里,在途中毫无认识自身的能力与余暇了。反之,在文艺者,尤其是诗人,尤其是中国的诗人,更尤其是中国古代的诗人,大概这点感情最强,引起他们这种感情的,大概是最能暗示生灭相的自然状态。例如春花,秋月,以及衰荣的种种变化。他们见了这些小小的变化,便会想起自然的意图,宇宙的秘密,以及人生的根底,因而兴起无常之恸。在他们的读者——至少在我一个读者——往往觉到这些部分最可感动,最易共鸣。因为在人生的一切叹愿——如惜别,伤逝,失恋,辘轲等——中,没有比无常更普遍地为人人所共感的了。

法华经偈云:"诸法从本来,常示寂灭相。春至百花开,黄莺啼柳上。"这几句包括了一切诗人的无常之叹的动机。原来春花是最雄辩地表出无常相的东西。看花而感到绝对的喜悦的,只有醉生梦死之徒,感觉迟钝的痴人,不然,佯狂的乐天家。凡富有人性而认真的人，谁能对这些昙花感到真心的满足？谁能不在这些泡影里照见自身的姿态呢？古诗十九首中有云："伤彼蕙兰花，含英扬光辉。过时而不采，将随秋草萎。"大概是借花叹惜人生无常之滥觞。后人续弹此调者甚多。最普通传诵的，如：

"劝君莫惜金缕衣，劝君惜取少年时。花开堪折直须折，莫待无花空折枝！"（李锜）

"今年花似去年好，去年人到今年老。始知人老不如花，可惜落花君莫扫！"（岑参）

"一月主人笑几回？相逢相值且衔杯！眼看春色如流水，今日残花昨日开！"（崔惠童）

"梁园日暮乱飞鸦，极目萧条三两家。庭树不知人去尽，春来还发旧时花。"（岑参）

"越王宫里似花人，越水溪头采白苹。白苹未尽人先尽，谁见江南春复春？"（阙名）

慨惜花的易谢，妒羡花的再生，大概是此类诗中最普通的两种情怀。像"春风欲劝座中人，一片落红当眼堕"，"年年岁月花相似，岁岁年年人不同"，便是用一两句话明快地道破这种情怀的好例。

最明显地表示春色，最力强地牵惹人心的杨柳，自来为引人感伤的名物。恒温的话是一个很好的证例："昔年移植，依依汉南。今看摇落，凄怆江潭。树犹如此，人何以堪！"在纸上读了这几句文句，已觉恻然于怀；何况亲眼看见其依依与凄怆的光景呢？唐人诗中，借杨柳或类似的树木为兴感之由，而慨叹人事无常的，不乏其例，亦不乏动人之力。像：

"江雨霏霏江草齐，六朝如梦鸟空啼。无情最是台城柳，依旧烟笼十里堤。"（韦庄）

"炀帝行宫汴水滨，数株残柳不胜春。晚来风起花如

雪，飞入宫墙不见人。"（刘禹锡）

"梁苑隋堤事已空，万条犹舞旧春风。那堪更想千年后，谁见杨华入汉宫？"（韩琮）

"入郭登桥出郭船，红楼日日柳年年。君王忍把平陈业，只换雷塘数亩田？"（罗隐·炀帝陵）

"三十年前此院游，木兰花发院新修。如今再到经行处，树老无花僧白头。"（王播）

"汾阳旧宅今为寺，犹有当时歌舞楼。四十年来车马散，古槐深巷暮蝉愁。"（张籍）

"门前不改旧山河，破虏曾轻马伏波。今日独经歌舞地，古槐疏冷夕阳多。"（赵嘏）

凡自然美皆能牵引有心人的感动，不独花柳而已。花柳以外，最富于此种牵引力的，我想是月。因月兴感的好诗之多，不胜屈指。把记得起的几首写在这里：

"山围故国周遭在，潮打空城寂寞回。淮水东边旧时月，夜深还过女墙来。"（刘禹锡·石头城）

"草遮回磴绝鸣銮，云树深深碧殿寒。明月自来还自去，更无人倚玉栏杆。"（崔鲁·华清宫）

"暮云收尽溢清寒，银汉无声转玉盘。此生此夜不长好，明月明年何处看？"（杜牧之·中秋）

"独上江楼思悄然，月光如水水如天。同来玩月人何在？风景依稀似去年。"（赵嘏·江楼书怀）

由花柳兴感的，有以花柳自况之心，此心常转变为对花柳的怜惜与同情。由月兴感的，则完全出于妒羡之心，为了它终古如斯地高悬碧空，而用冷眼对下界的衰荣生灭作壁上观。但月的感人之力，一半也是夜的环境所助成的。夜的黑暗能把外物的诱惑遮住，使人专心于内省。耽于内省的人,往往慨念无常,心生悲感。更怎禁一个神秘幽玄的月亮的挑拨呢?故月明人静之夜,只要是敏感者,即使其生活毫无忧患而十分幸福,也会兴起惆怅。正如唐人诗所云:"小院无人夜,烟斜月转明。消宵易惆怅,不必有离情。"

与万古常新的不朽的日月相比较,下界一切生灭,在敏感者的眼中都是可悲哀的状态。何况日月也不见得是不朽的东西呢?人类的理想中,不幸而有了"永远"这个幻象,因此在人生中平添了无穷的感慨。所谓"往事不堪回首"的一种情怀。在诗人——尤其是中国古代诗人——的笔上随时随处地流露着。有人反对这种态度,说是逃避现实,是无病呻吟,是老生常谈,不错,有不少的旧诗作者,曾经逃避现实而躲入过去的憧憬中或酒天地中;有不少的皮毛诗人曾经学了几句老生常谈而无病呻吟。然而真从无常之恸中发出来的感怀的佳作,其艺术的价值永远不朽——除非人生是永远不朽的。会朽的人,对于眼前的衰荣兴废岂能漠然无所感动?"笙歌归院落,灯火下楼台"。这一点小暂的衰歇之象,已足使履霜坚冰的敏感者兴起无穷之慨,已足使顿悟的智慧者痛悟无常呢!这里我又想起的有四首好诗:

"寥落故行宫,宫花寂寞红。白头宫女在,闲坐说玄宗。"

"朱雀桥边野草花,乌衣巷口夕阳斜。旧时王谢堂前燕,飞入寻常百姓家。"

"越王勾践破吴归,战士还家尽锦衣。宫女如花满春殿,只今唯有鹧鸪飞。"

"伤心欲问南朝事,唯见江流去不回。日暮东风春草绿,鹧鸪飞上越王台。"

这些都是极通常的诗,我幼时曾经无心地在私塾学童的无心的口上听熟过。现在它们却用了一种新的力而再现于我的心头。人们常说平凡中寓有至理。我现在觉得常见的诗中含有好诗。

其实"人生无常"本身是一个平凡的至理。"回黄转绿世间多，后来新妇变为婆"。这些回转与变化，因为太多了，故看作当然时便当然而不足怪。但看作惊奇时，又无一不可惊奇。关于"人生无常"的话，我们在古人的书中常常读到，在今人的口上又常常听到。倘然你无心地读，无心地听，这些话都是陈腐不堪的老生常谈。但倘然你有心地读，有心地听，他们就没有一字不深深地刺入你的心中。古诗中有着许多痛快地咏叹"人生无常"的话，古诗十九首中就有了不少：

"人生寄一世，奄忽若飘尘，何不策高足，先据要路津？"

"浩浩阴阳移，年命如朝露。人生忽如寄，寿无金石固，万岁更相送，圣贤莫能度。"

"青青陵上柏，磊磊涧中石。人生天地间，忽如远行客。"

"人生非金石，焉能长寿考？奄忽随物化，荣名以为宝。"

此外我能想起也很多：

"对酒当歌，人生几何？譬如朝露，去日苦多。"（魏武帝）

"惊风飘白日，光景驰西流。盛时不可再，百年忽我道。生存华屋处，零落归山丘。"（曹植）

"置酒高堂，悲歌临觞。人寿几何，逝如朝霜。时无重至，华不再阳。"（陆机）

"欢乐极兮哀情多，少壮几时兮奈老何！"（汉武帝）

"采采荣木，结根于兹。晨耀其花，夕已丧之。人生若

寄，憔悴有时。静心孔念，中心怅而"。（陶潜）

"朝为媚少年，夕暮成丑老。自非王子晋，谁能常美好？"（阮籍）

"君不见黄河之水天下来，奔流到海不复回？君不见高堂明镜悲白发，朝如青丝暮成雪？"（李白）

"白日何短短，百年苦易满。苍穹浩茫茫，万劫太极长。麻姑垂两鬓，一半已成霜。天公见玉女，大笑亿千场。吾欲揽六龙，回车挂扶桑。北斗酌美酒，劝龙各一觞。富贵非所愿，为人驻颜光。"（李白）

"美人为黄土，况乃粉黛假。当时侍金舆，故物独石马。忧来藉草坐，浩歌泪盈把。冉冉问征途，谁是长年者？"（杜甫）

"青山临黄河，下有长安道。世上名利人，相逢不知老。"（孟郊）

这些话，何等雄辩地向人说明"人生无常"之理！但在世间，"相逢不知老"的人毕竟太多，因此这些话都成了空言。现世宗教的衰颓，其原因大概在此。现世缺乏慷慨的，忍苦的，慈悲的，舍身的行为，其原因恐怕也在于此。

子路曾皙冉有公西华侍坐

论　语

　　子曰："以吾一日长乎尔，毋吾以也。居则曰：'不吾知也！'如或知尔，则何以哉？"

　　子路率而对曰："千乘之国，摄乎大国之间，加之以师旅，因之以饥馑；由也为之，比及三年，可使有勇，且知方也。"

　　夫子哂之。

　　"求，尔何如？"

　　对曰："方六七十，如五六十，求也为之，比及三年，可使民足。如其礼乐，以俟君子。"

　　"赤，尔何如？"

　　对曰："非曰能之，愿学焉。宗庙之事，如会同，端章甫，愿为小相焉。"

　　"点，尔何如？"

　　鼓瑟希，铿尔，舍瑟而作。对曰："异乎三子者之撰。"

　　子曰："何伤乎，亦各言其志也！"

　　曰："莫春者，春服既成，冠者五六人，童子六七人，浴乎沂，风乎舞雩，咏而归。"

　　夫子喟然叹曰："吾与点也。"

　　三子者出，曾皙后。曾皙曰："夫三子者之言何如？"子曰："亦各言其志也已矣！"

　　曰："夫子何哂由也？"

　　曰："为国以礼，其言不让，是故哂之。"

　　"唯求则非邦也与？"

"安见方六七十、如五六十而非邦也者?"

"唯赤则非邦也与?"

"宗庙会同,非诸侯而何?赤也为之小,孰能为之大?"

兰亭集序

王羲之

永和九年,岁在癸丑。暮春之初,会于会稽山阴之兰亭,修禊事也。群贤毕至,少长咸集。此地有崇山峻岭,茂林修竹。又有清流激湍,映带左右,引以为流觞曲水。列坐其次,虽无丝竹管弦之盛,一觞一咏,亦足以畅叙幽情。是日也,天朗气清,惠风和畅。仰观宇宙之大,俯察品类之盛,所以游目骋怀,足以极视听之娱,信可乐也!

夫人之相与,俯仰一世。或取诸怀抱,晤言一室之内,或因寄所托,放浪形骸之外。虽取舍万殊,静躁不同,当其欣于所遇,暂得于己,快然自足,曾不知老之将至。及其所之既倦,情随事迁,感慨系之矣。向之所欣,俯仰之间,已为陈迹,犹不能不以之兴怀,况修短随化,终期于尽。古人云:"死生亦大矣",岂不痛哉?

每览昔人兴感之由,若合一契,未尝不临文嗟悼,不能喻之于怀。固知一死生为虚诞,齐彭殇为妄作。后之视今,亦犹今之视昔。悲夫!故列叙时人,录其所述。虽世殊事异,所以兴怀,其致一也。后之览者,亦将有感于斯文。

滕王阁序

王 勃

　　南昌故郡,洪都新府。星分翼轸,地接衡庐。襟三江而带五湖,控蛮荆而引瓯越。物华天宝,龙光射牛斗之墟;人杰地灵,徐孺下陈蕃之榻。雄州雾列,俊采星驰。台隍枕夷夏之交,宾主尽东南之美。都督阎公之雅望,棨戟遥临,宇文新州之懿范,襜帷暂驻。十旬休暇,胜友如云,千里逢迎,高朋满座。腾蛟起凤,孟学士之词宗,紫电青霜,王将军之武库。家君作宰,路出名区,童子何知,躬逢胜饯。

　　时维九月,序属三秋。潦水尽而寒潭清,烟光凝而暮山紫。俨骖騑于上路,访风景于崇阿。临帝子之长洲,得仙人之旧馆。层台耸翠,上出重霄。飞阁流丹,下临无地。鹤汀凫渚,穷岛屿之萦回,桂殿兰宫,列冈峦之体势。披绣闼,俯雕甍,山原旷其盈视,川泽盱其骇瞩。闾阎扑地,钟鸣鼎食之家。舸舰迷津,青雀黄龙之轴。虹销雨霁,彩彻区明,落霞与孤鹜齐飞,秋水共长天一色。渔舟唱晚,响穷彭蠡之滨,雁阵惊寒,声断衡阳之浦。

　　遥襟俯畅,逸兴遄飞,爽籁发而清风生,纤歌凝而白云遏。睢园绿竹,气凌彭泽之樽,邺水朱华,光照临川之笔。四美具,二难并。穷睇眄于中天,极娱游于暇日。

　　天高地迥,觉宇宙之无穷。兴尽悲来,识盈虚之有数。望长安于日下,指吴会于云间。地势极而南溟深,天柱高而北辰远。关山难越,谁悲失路之人?萍水相逢,尽是他乡之客。怀帝阍而不见,奉宣室以何年?

　　嗟呼!时运不济,命运多舛!冯唐易老,李广难封。屈贾谊于长沙,非无圣主;窜梁鸿于海曲,岂乏明时?所赖君子安贫,达人知命。老当益壮,宁移白首之心?穷且益坚,不坠青云之志。酌贪泉而觉爽,处涸辙以犹欢。北海虽赊,扶摇可接。东隅已逝,桑榆非晚。孟尝高洁,空怀报国之心,阮籍猖狂,岂效穷途之哭!

勃,三尺微命,一介书生。无路请缨,等终军之弱冠,有怀投笔,慕宗悫之长风。舍簪笏于百龄,奉晨昏于万里。非谢家之宝树,接孟氏之芳邻。他日趋庭,叨陪鲤对。今晨捧袂,喜托龙门。杨意不逢,抚凌云而自惜。钟期既遇,奏流水以何惭?

呜呼!胜地不常,盛筵难再。兰亭已矣,梓泽丘墟。临别赠言,幸承恩于伟饯;登高作赋,是所望于群公,敢竭鄙诚,恭疏短引,一言均赋,四韵俱成。请洒潘江,各倾陆海云尔。

滕王高阁临江渚,佩玉鸣鸾罢歌舞。
画栋朝飞南浦云,珠帘暮卷西山雨。
闲云潭影日悠悠,物换星移几度秋。
阁中帝子今何在?槛外长江空自流。

醉翁亭记

欧阳修

环滁皆山也。其西南诸峰，林壑尤美，望之蔚然而深秀者，琅琊也。山行六七里，渐闻水声潺潺，而泻出于两峰之间者，酿泉也。峰回路转，有亭翼然临于泉上者，醉翁亭也。作亭者谁？山之僧智仙也，名之者谁？太守自谓也。太守与客来饮于此，饮少辄醉，而年又最高，故自号曰"醉翁"也。醉翁之意不在酒，在乎山水之间也。山水之乐，得之心而寓之酒也。

若夫日出而林霏开，云归而岩穴暝，晦明变化者，山间之朝暮也。野芳发而幽香，佳木秀而繁阴，风霜高洁，水落而石出者，山间之四时也。朝而往，暮而归，四时之景不同，而乐亦无穷也。

至于负者歌于途，行者休于树，前者呼，后者应，伛偻提携，往来而不绝者，滁人游也。临溪而渔，溪深而鱼肥。酿泉为酒，泉香而酒洌。山肴野蔌，杂然而前陈者，太守宴也。宴酣之乐，非丝非竹。射者中，弈者胜，觥筹交错，起坐而喧哗者，众宾欢也。苍颜白发，颓然乎其间者，太守醉也。

已而夕阳在山，人影散乱，太守归而宾客从也。树林阴翳，鸣声上下，游人去而禽鸟乐也。然而禽鸟知山林之乐，而不知人之乐；人知从太守游而乐，而不知太守之乐其乐也。醉能同其乐，醒能述以文者，太守也。太守谓谁？庐陵欧阳修也。

赤 壁 赋

苏 轼

　　壬戌之秋,七月既望,苏子与客泛舟游于赤壁之下。清风徐来,水波不兴。举酒属客,诵明月之诗,歌窈窕之章。少焉,月出于东山之上,徘徊于斗牛之间。白露横江,水光接天。纵一苇之所如,凌万顷之茫然。浩浩乎如冯虚御风,而不知其所止。飘飘乎如遗世独立,羽化而登仙。

　　于是饮酒乐甚,扣舷而歌之。歌曰:"桂棹兮兰桨,击空明兮溯流光。渺渺兮予怀,望美人兮天一方。"客有吹洞箫者,倚歌而和之。其声呜呜然,如怨如慕,如泣如诉,余音袅袅,不绝如缕。舞幽壑之潜蛟,泣孤舟之嫠妇。

　　苏子愀然,正襟危坐而问客曰:"何为其然也?"客曰:"'月明星稀,乌鹊南飞',此非曹孟德之诗乎?西望夏口,东望武昌,山川相缪,郁乎苍苍,此非孟德之困于周郎者乎?方其破荆州,下江陵,顺流而东也,舳舻千里,旌旗蔽空,酾酒临江,横槊赋诗,固一世之雄也,而今安在哉?况吾与子渔樵于江渚之上,侣鱼虾而友麋鹿,驾一叶之扁舟,举匏樽以相属,寄蜉蝣于天地,渺沧海之一粟!哀吾生之须臾,羡长江之无穷,挟飞仙以遨游,抱明月而长终。知不可乎骤得,托遗响于悲风。"

　　苏子曰:"客亦知夫水与月乎?逝者如斯,而未尝往也,盈虚者如彼,而卒莫消长也,盖将自其变者而观之,则天地曾不能以一瞬,自其不变者而观之,则物与我皆无尽也,而又何羡乎?且夫天地之间,物各有主,苟非吾之所有,虽一毫而莫取。惟江上之清风,与山间之明月，耳得之而为声，目遇之而成色，取之无禁，用之不竭，是造物者之无尽藏也，而吾与子之所共适。"

客喜而笑，洗盏更酌。肴核既尽，杯盘狼藉。相与枕藉乎舟中，不知东方之既白。

送东阳马生序

宋 濂

　　余幼时即嗜学，家贫无从致书以观，每假借于藏书之家，手自笔录，计日以还。天大寒，砚冰坚，手指不可屈伸，弗之怠。录毕，走送之，不敢稍逾约。以是人多以书假余。余因得遍观群书。既加冠，益慕圣贤之道，又患无硕师名人与游，尝趋百里外，从乡之先达执经叩问。先达德隆望尊，门人弟子填其室，未尝稍降辞色。余立侍左右，援疑质理，俯身倾耳以请；或遇其叱咄，色愈恭，礼愈至，不敢出一言以复，俟其欣悦，则又请焉。故余虽愚，卒获有所闻。

　　当余之从师也，负箧曳屣，行深山巨谷中。穷冬烈风，大雪深数尺，足肤皲裂而不知。至舍，四支僵劲不能动，媵人持汤沃灌，以衾拥覆，久而乃和。寓逆旅，主人日再食，无鲜肥滋味之享。同舍生皆被绮绣，戴朱缨宝饰之帽，腰白玉之环，左佩刀，右备容臭，烨然若神人。余则缊袍敝衣处其间，略无慕艳意，以中有足乐者，不知口体之奉不若人也。盖余之勤且艰若此。今虽耄老，未有所成，犹幸预君子之列，而承天子之宠光，缀公卿之后，日侍坐备顾问，四海亦谬称其氏名，况才之过于余者乎？

　　今诸生学于太学，县官日有廪稍之供，父母岁有裘葛之遗，无冻馁之患矣；坐大厦之下而诵诗书，无奔走之劳矣，有司业、博士为之师，未有问而不告、求而不得者也。凡所宜有之书，皆集于此，不必若余之手录、假诸人而后见也，其业有不精、德有不成者，非天质之卑，则心不若余之专耳，岂他人之过哉！

　　东阳马生君则，在太学已二年，流辈甚称其贤。余朝京师，生以乡人子谒余,撰长书以为贽,辞甚畅达;与之论辨,言和而色夷。自谓少时用心于学甚劳,是可谓善学者矣。其将归见其亲也,余故道为学之难以告之。谓余勉乡人以学者,余之志也,诋我夸际遇之盛而骄乡人者,岂知余者哉!